キングを探せ

法月綸太郎
Rintaro Norizuki

講談社

目次

装幀　吉田篤弘・吉田浩美［クラフト・エヴィング商會］

キングを探せ

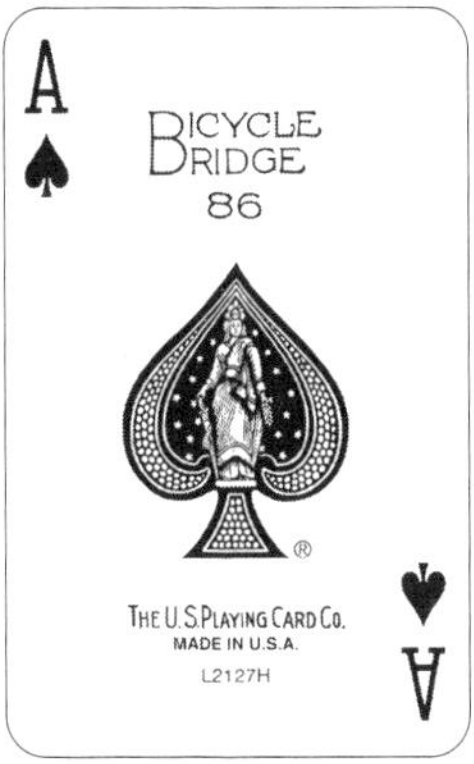
A
BICYCLE
BRIDGE
86
THE U.S.PLAYING CARD Co.
MADE IN U.S.A.
L2127H
A

第一部

1　共犯者たち

アドリアン　諸君、今夜すぐにでも決めておかなければならぬ問題がある。すなわち、だれを、だれが、どこで、いつ、どうやって、という問題だ。（二人に理解させるため、やむなく繰りかえす）だれを殺すか？　だれが殺すか？　どこで殺すか？　いつ殺すか？　どうやって殺すか？（二人わかる）第一の問題はだれがだれを、ということだな。すなわち、被害者の順序の選定と、各々の死刑執行人の決定だ。

——ロベール・トマ『殺人同盟』

四人が結団式の場に選んだのは、繁華街のカラオケボックスだった。
初めての客でも会員登録のいらない店で、防犯カメラが回っているのはレジ周りと通路だけ。

録画された映像は一週間かそこらで上書き消去されるし、新型インフルエンザの流行に便乗して、全員マスクを着用している。

各個室にはダミーカメラしかないことも、あらかじめ確認済みだった。通路に面して申し訳程度の覗《のぞ》き窓があるけれど、部屋の機材を壊したり、わいせつな行為に及《およ》んだりしない限り、客のプライバシーは保たれる。防音壁で仕切られた密室の中なら、どんな物騒な相談をしようとおかまいなしだ。ネットの掲示板やチャットルームとちがって、どこかのサーバーに致命的なアクセス履歴が残る心配もない。

日本語に不慣れな男性店員がドリンクと軽食をテーブルに並べる間、四人は選曲リストに夢中になっているふりをした。オーダーの洩《も》れがないことを確認し、店員が部屋を出ていってから、夢の島がようやく顔を上げ、ためていた息を吐き出す。

「もう話してもいいだろう。とりあえず、乾杯でもするか」

「烏龍茶とコーラでか？」イクル君が冷やかし半分に応じた。酔いで頭が鈍らないよう、四人ともアルコールは控えている。

「いいじゃないか。今日を最後に、二度と会わない約束なんだから」

「あんたがそう言うなら。このメンツで、何に乾杯する？」

「やっぱりあれじゃないか、完全犯罪の成功を祈ってとか」

夢の島のダイレクトな発言に、残りの三人は苦笑いした。

「それはちょっと」とイクル君。「なんか安いコントみたいだしさ。せめてプロジェクトの成功、ぐらいにしといた方が」

「そっちにしよう」

カネゴンが即決し、りさぴょんも同意のしぐさをした。四人は烏龍茶とコーラのグラスを手に取り、夢の島の合図でいっせいに唱和する。

「プロジェクトの成功を祈って」

「乾杯！」

グラスをぶつけ、飲み物を口に運んだ。儀式めいた無言の間が続き、お互いに鼓舞《こぶ》し合うようなまなざしが、四人の間を行き来する。

いずれの表情にも迷いはなかった。不安や怖れを口に出す者もいない。

知り合ってまだ一月足らず、たまたま集まった赤の他人どうしにすぎないけれど、そのつながりの希薄《きはく》さが、四人を固く結びつけていた。後腐《あとくさ》れのない、損得勘定だけのドライな関係だからこそ、共通のリスクを背負う覚悟ができるのだ。

グラスを置いた四人は、さっそくテーブルの上を片付けた。悠長《ゆうちょう》に飲み食いしている暇《ひま》はない。今日中に詰めておかねばならないことが山ほどある。

「――ターゲットの顔写真と、必要なデータは？」

リーダー格のカネゴンの問いに、ほかの三人が各自の携帯を示した。前回の打ち合わせ通りだ。自分も携帯を出しながら、カネゴンは仲間の顔に目をやって、

「まずそれぞれの分担と順番を決めよう」

「どうやって？」とイクル君。「相手は選ぶ余地があるけど、殺す順番は早いほど不利になる。話し合いだと収拾がつかないんじゃないか」

「だから不公平が生じないよう、どっちもくじ引きにする。異存はないな」

「それでいい」

と夢の島が言い、イクル君とりさぴょんも同意した。先に四人の分担を、次に順番を決めることにする。具体的なスケジュール調整は、その後の作業だ。

カネゴンはくじ引きのために、ひと揃《そろ》いのトランプを用意していた。カードの裏面に自転車に乗った天使が二人、上下左右対称のデザインで描かれている。バイスクルのライダーバックと呼ばれる、ポピュラーなトランプだった。

カネゴンはその中から四枚のカードを抜き出し、表を向けてテーブルに並べた。並べられた札を見て、夢の島が首をかしげる。

「どうしてこの四枚なんだ？」

「まぎれないように、ターゲットの頭文字とそろえた」

「ん？　でも、Qで始まるやつなんていないぞ」

「あんたの女房だよ」とカネゴン。「女はひとりだし、妃名子《ひなこ》の妃はクイーンだ」

「なるほど。あんた、ずいぶん気が利《き》いてるな」

夢の島が納得すると、イクル君がそわそわしながら、

「どうする？　裏返してかき混ぜてから、四人でいっせいに取ろうか」

カネゴンは首を横に振って、

「ひとりずつ引こう。自分のターゲットに当たったら、調整が面倒だ」

理にかなった説明で、異論は出なかった。カネゴンは四枚のカードを集め、両手を背中に回した。ほかの三人から見えないように札を切り混ぜ、今度は表を伏せてテーブルに並べていく。夢の島がいぶかしそうに天使の図柄を見比べた。

「なんだかマジックみたいだな。イカサマのトリックは勘弁してくれよ」

「イカサマなんかしない」とカネゴンが請け合った。「俺がカードを切ったから、最後に残ったやつを取る。それで立場は平等だろう。誰が最初に引く？」

聞かれた三人は、ためらいがちに顔を見合わせた。

場の空気から、イクル君とりさぴょんの視線が自然と夢の島に注がれる。夢の島はごくりと唾《つば》を呑《の》んで、居ずまいを正した。

「じゃあ、俺から選ばせてもらおうか」

値踏みするように四枚のカードを見つめると、気合いを入れて右端をめくる。スペードの女王

の札だった。夢の島は間の悪い表情を浮かべて、

「言われたそばから、自分の女房を引いちまった。悪いがもう一度切ってくれ」

「残りの三枚から引けばいい」カネゴンがじれったそうに言った。「その方が手間が省《はぶ》ける。切り直すのは、あんたがすんでからだ」

夢の島は言われた通りにした。無造作に真ん中のカードを選んでひっくり返すと、今度はスペードのエースだった。

安斎《あんざい》のAか、とつぶやいて、夢の島はイクル君の顔を見る。

「あんたの伯父貴だな」

「よろしく頼むよ。心おきなく、成仏させてやってくれ」ことさら軽い口調で、イクル君が応じた。「次はぼくの番でいいかな?」

カネゴンは自分では答えず、スペードのエースを抜いた三枚のカードを集めながら、りさぴょんの反応を待った。りさぴょんは肩をすくめるようなポーズで、

「どうぞお先に」

カネゴンは鼻から短く息を洩らすと、カードを持った手を背中に回した。前と同じように切り混ぜて、テーブルに三枚の札を並べる。

イクル君は拝むようなしぐさをしてから、おもむろに左端のカードを取った。おそるおそる札を開くと、さっきと同じ女王の絵。

「またクイーンか。あんたの嫁さん、出たがりだな」

「だったら、もう一度やり直しだ」とカネゴン。

「なんで？　ぼくのターゲットは売約済みだろ」

「だからだよ。あんたたち二人がお互いのターゲットを殺し合ったら、ただの交換殺人と同じだ。残った俺たち二人も、自動的にそうなる。それだとせっかく四人集まった意味がない」

「カネゴンの言う通りだ」と夢の島が加勢する。「出会い系みたいな非合法サイトが増えたせいで、交換殺人のハードルは昔より低くなってる。警察だってそれ相応に目を光らせているはずだから、リスクはできるだけ分散しないとな。二人より三人、三人より四人。数の論理で、動機と機会がばらけるほど、尻尾をつかまれにくくなる」

「わかってるよ。うっかりしてただけだ」

「さっきと同じ要領だ」とカネゴン。「残りの二枚から好きな方を取ればいい」

イクル君は右のカードを選んだ。

スペードのジャック。

「——こっちは返すよ」かぶってしまったクイーンをカネゴンに渡してから、イクル君はりさぴょんにあごをしゃくった。「次はあんたの番だ」

りさぴょんは達観したような顔で、首を横に振り、

「もう分担は決まっている。私には選択の余地がない」

そう決めつけて、最後に残ったカードに手を伸ばす。

表を向けると、王様の絵——。

「そうか」イクル君はようやく状況を理解した。「自分のターゲットは殺せない」

「くじ引きにならなくて、不服か？」

「いや、想定の範囲内だ。りさぴょんはもう一度首を横に振って、
とカネゴンが問う。りさぴょんはもう一度首を横に振って、

「いや、想定の範囲内だ。選べるパターンは六通りしかない。二人引いた時点で残りが決まるのは予想できた。引いても引かなくても、立場は平等だ」

りさぴょんの冷静な対応に、カネゴンはにやりとして、

「じゃあ、この札はあんたので、こっちが俺だ。カードは進呈するから、みんな記念に取っておくといい。今日の約束を忘れないためにも」

「契約書のかわりか」と夢の島。「くじ引きもけっこう疲れるな」

「こんなのはまだ序の口だと思うがね。全員の分担が決まったから、順番を決める前に、ターゲットのプロフィールだけでも交換しておくか」

四人は携帯を操作して、ターゲットの画像と犯行に必要なデータをくじ引きで決まった担当者に渡した。赤外線で直接やりとりするので、外部に通信記録は残らない。顔写真を用意したのは、人ちがいを避けるための用心だった。

相手は一度も会ったことのない、見ず知らずの他人なのだから。

「――行き渡ったな。ノルマを果たしたら、必ずデータを消すこと。それまでは他人にのぞき見されないように、暗証番号でロックしておくんだ」

三人に念を押してから、カネゴンは再度トランプを手にする。矢継ぎ早にハートの数字札、A・2・3・4の四枚を抜き出した。

「次は順番を決めよう。引いた数字が殺しの番号だ」

「今度は誰から引く？」とイクル君。

「さっきとは逆順で。もちろん、俺は飛ばしてだが」

カネゴンは前と同じように、背中で切り混ぜた四枚のカードを裏向きに並べると、

「あんたからだ、りさぴょん」

2　夢の島

自殺は、実は回復期や軽いときのほうが多い。本当に重症になると、「死のう」という元気すらなくなる。ところが回復期になると、抑うつ感や不安感は残っているのに行動のエネルギーだけが復活してくるのである。

周囲は、「だいぶ良くなったみたいだ」と安心してはいけない。良くなったようだが、言動がおかしかったり、急にふさぎ込んだりするようだと、自殺の危険性はかえって高い。

――小野一之『あなたの大切な人が「うつ」になったら』

仕事帰りの夢の島を迎えたのは、真っ暗なわが家だった。平日の午後十時過ぎ、この界隈《かいわい》で灯《あか》りがついていないのは、自分の家だけである。毎晩のことだからすっかり見慣れた光景になっていたけれど、慣れたからといって気が楽になるわけではない。

今日も妃名子は生きているだろうか？

郵便受けをチェックし、玄関の鍵を開けながら、あらためて妻の身に異変が起きていないことを祈る。皮肉なものだ。カラオケボックスでの結団式から十日、妃名子の無事を願う気持ちは、日増しに強くなっていた。

ドアを開け閉めする音に、応える声はない。下のフロアはしんと静まり返っていたが、その静けさも日常の一部だった——闇の中に散らばった家電の待機LED光源が、毎日決まった場所から動かないでいるように。夢の島は廊下と階段の灯りをつけ、郵便物を選《よ》り分けると、ハガキと封書を一通ずつ重ね持って二階へ上がった。

「いま帰った」と声をかけて、寝室のドアを開ける。

妃名子は生きていた。

すり切れたスウェット姿でベッドに伏せ、アリの巣観察キットをながめている。省力モードの待機状態。枕元の読書灯の光だけなので、室内はほの暗い。

夢の島はそっと安堵《あんど》の息を洩らした。日頃から神経質になりすぎないよう自分に言い聞かせているのだが、妻の病気には予測できない波がある。とりわけ注意しないといけないのが、希死念慮と呼ばれる症状だった。

「あ、お帰り。もうこんな時間なんだ」

部屋の灯りをつけると、妃名子はようやく観察キットから目を上げた。カラフルなジェルを流し込んで固めたアクリルケースに、庭でつかまえたアリが入れてある。先々月、雑貨屋の癒しグッズコーナーで三個まとめ買いした品だった。オレンジとグリーン、ブルーの三色にチームを分け、巣穴の成長を競わせている。

シンプルで、感情に左右されない生活がうらやましいのだろう。放っておくと何時間でも、アリたちの営巣活動に目を奪われていた。何もしない時間を過ごすのに、これほど助けになるものはないという。枝分かれした巣穴の形状が、自社製品の品質管理に使われる原因・結果チャートを連想させるので、夢の島は敬遠していたが。

「ご飯は?」

「外ですませてきた。おまえは? ちゃんと食べたか」

妃名子は寝そべった姿勢のまま、たいぎそうにうなずいて、

「レンジでチンするパスタ」

「そればっかりだな。薬は?」

「ちゃんと服《の》んでる」

「よし」夢の島は妻の頭をなでた。「今日はどんな調子だった?」

「うーん。お昼に洗濯したぐらいで、あんまり変わらない」

よくも悪くもないということだが、どん底だった時期と比べると雲泥《うんでい》の差がある。夢の島は頭

の中で残り日数をカウントした。

「──何かいいことでもあった？　嬉しそうな顔して」

「ここんとこ具合がよさそうだから。そうだ、おまえ宛てに結婚通知のハガキが来てる。知らない名前だが、地元の友だちか？」

ハガキを渡すと、妃名子は上体を起こし、裏面に印刷された写真を見て、

「高校の時の同級生。沙絵《さえ》とは長いこと会ってないけど、よかった。お兄さんがあたしと同じ病気で自殺したせいで、縁談が流れたことがあるから」

寝耳に水の返事に、夢の島は身を硬《かた》くした。うつ病の患者が「自殺」という言葉を口にするのは、地雷の埋まった地面を踏みつけるようなものである。害のない内容だと思って見せたのに、まさか新婦がそんな境遇の持ち主だったとは。

それでも、妃名子の声に後ろ向きな響きはなかった。旧友からの知らせを自分のことのように喜んでいる。夢の島はこわばったあごをほぐしながら、

「だったら喜びもひとしおだろう。相手に理解があってよかったな」

「うん。電話は無理だけど、久しぶりに手紙でも書いてみようかな」

背伸びした子供のような面持ちでそうつぶやいた。

今の妃名子がプレッシャーを感じずに電話で話せる相手は、夢の島と実家の両親ぐらいのものだ。長い間会っていない友だちに手紙を書く気になっただけでも、かなりの進歩なのである。病

状に波があるので油断は禁物だが、もうしばらくの間、今の小康状態で持ちこたえてくれたら……。

思わず自分の手元へ目が行ってしまう。妃名子もそれに目を留めて、

「そっちの手紙は？」

「大学の同窓会からだ。どうせ寄付金のお願いだろう」

夢の島は自分宛てに届いた封書を見せた。差出人欄に母校の同窓会事務局のアドレスが印刷されている。興味を失った妃名子は、新婚夫婦の写真に目を戻した。

「――着替えてくるよ」

料金別納郵便ではなく、八十円切手が貼《は》ってあることに気づかれる前に、封書を持って自分の部屋に引っ込んだ。

妃名子とは再婚だった。籍を入れてから来月で一年になる。

最初の妻は智代《ともよ》といって、催事会社のプランナーだった。友人の紹介で知り合い、ひとめ惚《ぼ》れした夢の島が、熱心に口説き落としたのだ。自立心の強かった智代は、結婚後も仕事を続けることを望み、夢の島はその意志を尊重した。狛江《こまえ》市に購入した新居のローンを返済するのに、自分ひとりだけの収入では心細かったせいもある。

いずれは子供を、と考えていたけれど、智代は仕事が優先で、すれちがいの生活が当たり前の

ようになり、倦怠期《けんたい》を迎える方が先だった。衝突《しょうとつ》を避けようとして言いたいことを呑み込む癖がつき、その繰り返しがいっそうわだかまりを深めてしまう。わかっていても悪循環から逃れるすべがなく、夢の島は家庭の外に避難所を求めた。

妃名子は職場に配属された派遣社員で、浮気相手には申し分なく、最初は期限付きの不倫のつもりだった。倦怠期を乗り越えるための方便といってもいい。派遣期間が終了しても、妃名子との関係は切れなかったが、智代と離婚して一緒になろうと本気で考えたことはなかった。そこまでならよくある話だったかもしれない。

後戻りが利かなくなったのは、どっちつかずのぬるま湯のような毎日を送っているうちに、智代が死んでしまったからだ。結婚五年目の春、仕事の出先で前方不注意のトラックにはねられ、意識不明のまま、搬送《はんそう》された病院で息を引き取ったのである。

突然の不幸に、夢の島は度を失った。気持ちがすれちがっていただけで、別離を望んだわけではない。自責の念より、理不尽な置きざり感の方がこたえた。混乱に拍車をかけたのは、智代にも秘密があったことだ。

――男ではなく、金銭的な問題で。

二人は新婚時代から、お互いを受取人に指定した生命保険に加入していた。住宅ローンの返済計画は夫婦の共稼ぎが前提だったから、合意のうえでそうしたのだ。ところが、妻の死後、夢の島は保険会社の担当者から思いがけない事実を知らされた。事故に遭う半月足らず前、智代は夫に無断で保険を解約し、返戻金《へんれいきん》を受け取っていたという。

遺品を調べて、急にまとまった金が必要になった理由がわかった。智代は一年近く前から、夢の島に内緒で外国為替証拠金取引《FX》に手を出していた。ハイリスクなレバレッジ投資に失敗して大きな損失を出し、証拠金の追加を迫られていたのである。保険の返戻金ぐらいでは穴を埋めきれず、金の工面に困ってかなり憔悴《しょうすい》していたらしい。仕事でも注意力散漫なミスを連発し、事故に遭う数日前、上司から休養を勧められていた。妻の異変を見過ごしていたのは、夢の島だけだったということだ。

事故当日もそうで、トラック運転手の一方的な過失ではなく、半ば放心状態で、ふらふらと幹線道路を横切った智代の側にも落ち度があった。運転手とは示談が成立したけれど、賠償金はその分減額され、葬式代とFXの赤字に充てるとほとんど何も残らない。夢の島が受け取るはずだった死亡保険金は、智代のフライングでパーになり、ひとり暮らしにそぐわない家のローンが重くのしかかった。今にして思えば智代に男でもいた方が、気持ちの整理をつけやすかったかもしれない。感情的な方向感覚を失い、虚脱状態に陥《おちい》って、妃名子につけ込まれることもなかったのではないか。

だが、今さら悔《く》やんでも始まらない。四十九日が明けてすぐ、妃名子は自分のアパートを引き払い、さも当然そうな顔をして夢の島の家へ越してきた。そのわりに家事は不得手で、外で働いていた智代と比べても行き届かないところばかりだったが、家の中に話し相手がいるだけで、夢の島は救われたような気がした。

　これはこれで悪くないと、妃名子の越権行為を受け入れてしまったのは、自分で思っていた以上に神経が参っていたせいだろう。そのままなし崩しに入籍を求められ、さしたる躊躇《ちゅうちょ》もなしに婚姻届に判を押した。智代の死から八ヵ月しか経っていなかった。慎《つつし》みに欠けると意見する者もいたけれど、FXと保険解約の件がしこりになって、死んだ妻に義理立てする気にはなれなかったのだ。

　再婚の条件として夢の島が唯一こだわったのは、夫婦で新たな生命保険に入り直すことだった。死亡保険金の受取額は、前回の倍以上に設定した。何も残さずに死んだ智代への遺恨《いこん》に駆られてしたことで、妃名子もそのように受け取っていたはずである——その時はまだ、自分が何を求めているのか、夢の島にもわかっていなかったとしても。

　それから半年足らず、智代の一周忌の翌月に、妃名子がうつ病を発症した。


　入籍してしばらくすると、夢の島は憑《つ》き物が落ちたように自分を取り戻し、妃名子を見る目も変わった。浮気相手には都合がよくても、妻には向かない女だとあらためて思い知ったのだ。失望は隠しようがなく、夫婦の間がぎくしゃくし始めるのに時間はかからなかった。そうでなくても世間の目は、先妻の死に乗じて後釜に坐った妃名子に冷たい。次第に口数が減り、ふさぎ込んだ表情ばかり見せるようになっていた。

その前からずっと、眠れない日が続いていたようだ。ある日、夢の島が帰宅すると、妃名子が寝室で倒れていた。睡眠導入剤を大量に服用して、昏睡状態に陥ったらしい。幸い致死量に届かず、大事には至らなかったが、発作的に自殺を図ったふしがある。なだめすかすように病院へ連れていき、うつ病の診察を受けた。

薬の入手先を問いつめると、一年以上前、心療内科で処方されたものだと打ち明けた。智代が生きていた頃、先行きへの不安から倦怠感や不眠に悩まされ、自律神経失調症と診断されたことがあるという。智代の死をきっかけに症状は改善したが、妻の座を手に入れた反動と、頼りにしていた夢の島の気持ちが冷めてしまったせいで、一気にうつ病が進行したのだろう。自分には生きる価値がないと感じて、やみくもに死にたくなるのは、希死念慮と呼ばれる典型的な症状である。

とにかく自殺だけは食い止めなければならない。

夢の島は医師のアドバイスに従い、その日から妃名子に接する態度をあらためた。時間の許す限り話に付き合い、孤独を感じさせないようにする……。だからといって、妻への愛情を取り戻したわけではなかった。罪悪感や憐憫《れんびん》の情でもない。気持ちは冷えきって、もはや自分にとって何の価値もない、足手まといなだけの女になっていた。

それでも妃名子のことを見放さないのは、命に値段がついているからだ。

二年の免責期間が終了する前に被保険者が自殺したら、また死亡保険金がフイになってしまう。気持ちの浮き沈みの激しいうつ病患者の前で、よき夫を演じ続けることには心底うんざりしていたけれど、智代の二の舞だけは繰り返したくなかった。

自室のドアを閉め、背広をハンガーにかけてから、手紙の封を切る。同窓会のホームページをプリントアウトした会報もどきが入っていた。厚みを出すためのカムフラージュで、イクル君との打ち合わせ通り、Ｓｕｉｃａの無記名式カードと昨日付けのレシートがはさみ込んである。

新宿駅構内に設置されたキーレスロッカーのレシートだった。

Ｓｕｉｃａとレシートを財布に収めると、封筒をちぎって、会報もどきと一緒にごみ箱に捨てた。それからふと思い立って、仕事関係の名刺ホルダーを棚《たな》から抜き出し、新旧の名刺ではち切れそうなリーフをめくった。補充したばかりの新しいリーフに、くじ引きで引いた二枚のトランプが入っている。

スペードのエースと、ハートのエース。ブリッジサイズのバイスクルは、名刺ホルダーのポケットにぎりぎり収まる大きさだ。

ハートのエースは、四人の中で夢の島が最初に手を下すことを意味していたが、貧乏くじを引いたとは思っていない。順番が先だろうと後だろうと、自分のノルマを果たすことに変わりはないのだし、妃名子は二番目のターゲットと決まっている。

四つの工程からなる「プロジェクト」のうち、夢の島が関与するのは前半の二工程だけで、その後は高みの見物、ということだ。仮に第三、第四の工程に不備が生じ、「プロジェクト」が頓《とん》挫《ざ》したとしても、夢の島が不利益をこうむることはない。

先行逃げきり可能なポジションは、それだけで大きなアドバンテージになる。エースのワンペアは契約書がわりというより、ツキの宿ったお守りのようだった。カードに微笑《ほほえ》みかけると、名刺ホルダーを片付け、ルームウェアに着替えて部屋を出た。


翌日の会社帰り、夢の島は乗換駅の新宿で、イクル君からの贈り物を回収した。

レシートの記載からロッカーの場所を捜し当て、中央操作部のタッチパネルで「取り出し」を選択する。コインと鍵のかわりにICカードを使うキーレスロッカーは、最近あちこちの駅で見かけるようになっていたが、実際に触るのは初めてだ。

郵送されたSuicaのデータを読み取らせると、対応するボックスの扉が自動的に開いた。中には手提げ紐のついた紙袋。入っているものが見えないように、口がテープで留めてある。夢の島は紙袋を取り出し、中もあらためずにその場を離れた。

家に着いたのは、午後十時半。いつものように妃名子の無事をたしかめ、自分の部屋へ引っ込んでから、持ち帰った紙袋を開ける。袋の中味は黒っぽいジョギングウェアの上下と、安物のスニーカーが一足。それに加工ミートの缶詰ドッグフード。

着古してほつれだらけになったウェアには、持ち主の汗の臭いがしみ込んでいた。スニーカーの方はまだ汚れていない新品だが、こちらも一足先にイクル君が履き慣らして、しっかり臭いがつけてある。サイズは夢の島に合わせてあり、下足痕からブランドが特定されないよう、靴底のゴムがナイフで削り取られていた。いずれもカラオケボックスの作戦会議で、イクル君と相談して決めた準備工作である。

「――この家のセキュリティは？　小金を貯め込んでいるんだろ。警備会社とホームセキュリティ契約でも結んでいたら、面倒なことになる」

ターゲットの住居を隠し撮りした携帯画像をチェックしながら、気になった点をたずねると、イクル君は大げさに首を横に振って、

「伯父は超のつくドケチで、民間の警備会社なんて頭から信用してない。防犯カメラとか設置すると、かえって狙われやすくなるというのが持論でさ。見ての通り、築ウン十年のオンボロ平屋で、高い塀もないから、とても裕福そうには見えないしね」

夢の島は画像をスキップして、ターゲットの顔写真をじっくり拝んだ。猜疑心《さいぎしん》の強そうな目つきをしたちぢれ毛の髪の老人で、鼻の横に目立つイボがある。つましい暮らしをしながら、後生大事にタンス預金を守っていそうなタイプだ。

「だったら、侵入するのに支障はないんだな」

「いや、庭に番犬を飼ってる」

「番犬？」夢の島は眉をひそめた。「ドーベルマンとか、その手の犬か」

「秋田犬のオスだけど。怪しいやつには吠えるから、注意した方がいい」

「おとなしくさせるには、どうしたらいい？」

「そうだな」イクル君はちょっと思案して、「子犬だった頃、よく散歩に連れていってやったんで、今でもぼくには懐いてる。臭いのついた服を着ていけば、警戒しないんじゃないかな。ぼくのふりをして好物のドッグフードを与えたら、それでおとなしくなると思う。飼い主がケチで、いつも安い餌《えさ》しか食わせてないから」

「なるほど。ドッグフードに薬でも混ぜるか」

「殺すのは勘弁してくれ」とイクル君。「伯父の道連れはかわいそうだ」

「わかった。犬は殺さない。睡眠薬で眠らせる」

「じゃあ、着るものとドッグフードはこっちで用意する。臭い付きの靴もあった方がいいか。あんたの足のサイズは？」

「二六・五」

「ぼくの履き古しだときつそうだな。合わない靴で動きの妨げになったら意味がないし、それ用に新しいのを手に入れよう」

ターミナル駅のキーレスロッカーを受け渡し場所に選んだのはイクル君（ネットオークションで購入したチケット類を受け取る際、よく使われる方法だという）、同窓会の会報に偽装してＳｕｉｃａを郵送させたのは、夢の島の考えだった。ロッカーの場所とレシートの暗証番号がわかれば、現金でも出し入れできるらしいが、不慣れな人間にはカード方式の方が安全で、操作も楽そうに思われたからである。

駅ロッカーの保管期限は三日間、それを過ぎると強制解錠される怖れがあるけれど、郵便事故さえなければ日数は足りる。カードなら封筒に入れてもかさばらないし、対面の受け渡しも必要ない。まさに非接触型というわけだ。共犯者どうしの接点を最小にすべく、素人なりに知恵を絞ったのである。

三点セットの点検をすませると、妃名子のピルケースからちょろまかした睡眠導入剤と一緒に自転車用のリュックサックに入れ、部屋のクローゼットの奥に隠した。リュックの中には、すでにマイナスドライバー、粘着テープ、ペンライト、つば付きの帽子、手袋といった品が入っている。

用済みになったＳｕｉｃａとレシートは、ハサミで切ってごみ箱に捨てた。切り刻んだ残骸が、妃名子に見つかることはない。明日は可燃ごみの日で、朝のごみ出しも自分の役目なのだから。夢の島は椅子に腰かけ、頭の後ろで手を組んで息を吐いた。

あの日は不燃ごみの担当だった——殺人という選択肢を与えられたのは。

§

「辛抱するだけ、時間のムダだ」とりさぴょんが言った。「免責期間中でも、うつ病による自殺に死亡保険金の支払いを命じた判例があるんだが……」

夢の島は足を止め、地面から目を上げた。

「本当か？」

振り向きざまに問うと、りさぴょんは細い目でうなずいて、

「大学の先輩に保険関係の仕事をしている人がいてね。その人に聞いた話だから、まちがいない。生命保険の契約後にうつ病を発症し、正常な判断能力を失って自殺した場合、被保険者は心神喪失状態だったと見なされる。あくまでも病気のせいだから、最初から保険金が目当ての自殺とちがって、公序良俗違反には当たらない」

今から一月あまり前、四人が初めて顔を合わせた日のことだ。

カネゴンと夢の島、りさぴょんとイクル君。多摩川の河川敷、日曜日の明るい陽射しの下で、主催者から渡されたキャラクター別のステッカーが、それぞれの呼び名になっていた。

四人とも初対面、縁もゆかりもない他人どうしだった。

だが、青空の下で一緒に体を動かしていると、見ず知らずの連中が相手でも、おのずと連帯感みたいなものが生まれてくる。男だけの班ならなおさらだ。飲み屋でたまたま隣り合った客と意気投合するのと同じで、日常のしがらみとは無縁の、その日限りの仲間だからこそ、普段はしっかり閉じている心の蓋《ふた》がゆるんでしまうのかもしれない。

王様の耳はロバの耳。

水辺の葦《あし》を揺らす川風に吹かれながら、夢の島はつい妃名子への鬱憤《うっぷん》を洩らした。最初は軽いガス抜きのつもりだったけれど、口数の多いタクシー運転手みたいに、一度話し出すと自分語りが止まらなくなっていた。面識のある人間にはとても聞かせられない本音でも、二度と会わない他人が相手なら、自分を偽る必要はない。

「――じゃあ、苦労して自殺を止めなくてもいいってことか」

真顔で念を押すと、りさぴょんは首を横に振って、

「そうじゃない。辛抱しても、見返りはないと言いたかったんだ。あんたの話通りなら、免責期間が過ぎようと過ぎまいと、保険金は手に入らないよ」

汗が目に入り、夢の島は袖《そで》で顔を拭《ぬぐ》った。

「どうして？　支払いを命じた判例があるんじゃないのか」

「その判例は、契約後にうつ病を発症したのが明らかなケースだ。だが、あんたの嫁には通用しない。結婚する前、自律神経失調症の診断を受けていたんだろう？」

「ああ、まだ最初の女房が生きていた頃に」

「自殺を図るまで、あんたは病気のことを知らなかった。保険に加入した時も、既往症の告知をしてないだろう。告知義務違反に当たるということだ」

「告知義務違反……」

棒立ちになった夢の島に、りさぴょんは噛んで含めるような口調で、

「過去五年以内に精神疾患の通院歴があると、保険に入るのはむずかしい。特にうつ病の患者は自殺リスクが高いので、事前の審査で確実にはねられる。自律神経失調症でも事情は変わらない。うつ病と診断するか、自律神経失調症と診断するかは、医者のさじ加減にすぎないから、既往症を告知していたら保険の加入は断られていたはずだ。したがって、あんたの嫁がうつ病で自殺した場合、たとえ免責期間が過ぎていても、告知義務違反で契約そのものが無効になる。過去の通院歴が明らかになった時点で、自動的に詐欺行為と見なされ、死亡保険金は支払われない」

「――どれだけ辛抱しても、前の女房の二の舞ってことか」

夢の島は笑おうとしたが、うまく笑えなかった。

徒労感が一気に押し寄せ、足の力が抜けていく。

「おい！」よろめいた夢の島を支えたのは、イクル君だった。

同じ班だから、四人がバラバラに行動することはない。さっきから付かず離れずの距離で、りさぴょんとのやりとりに聞き入っていた。リーダー格のカネゴンも。

イクル君の肩を借りて、夢の島は体勢を立て直した。

「あんた、見かけよりだらしないな」

「すまない。ずっと歩きづめだったから、足にきた」

「そうじゃない、奥さんのことだよ」

夢の島がため息をつくと、イクル君はりさぴょんにあごをしゃくって、

「自殺でなかったらどうなんだ？　病死とか、事故死とか」

「ケース・バイ・ケースだ」りさぴょんは横目がちに言った。「告知義務違反があっても、その内容と死亡理由の間に因果関係がなければ、保険契約は有効。まったく別の病気、たとえばがんや心臓疾患で死んだら、問題なく死亡保険金が支払われる」

夢の島は肩をすくめるようなしぐさをして、

「あいにく今の女房は、体はどこも悪くない」

「伯父と一緒だ」とイクル君がつぶやいた。「事故で死んだ場合は？」

「そっちの方が微妙だな。あんたの嫁は、めったに外出しないだろう」

夢の島はうなずいた。りさぴょんは身につまされたようにかぶりを振って、

「在宅中の事故だと死因も限られる。毒物の誤飲、階段での転倒、不注意による失火——ひとりで家にいる時そういう死に方をしたら、自殺と処理される可能性が高い。明らかに死ぬ気がなかったとしても、うつ病のせいで注意力が散漫になっていなければ事故は起きなかった、と保険会社は主張するはずだ。その主張を覆すのはむずかしい」

「うつ病の患者でも、気分転換で外に出ることだってあるさ」

議論に首を突っ込むと、熱くなるたちなのだろうか。自分の身内でもないのに、イクル君は半分ムキになって、りさぴょんに食い下がった。

「交通事故とかなら、病気は関係ないんじゃないか」

「そうとも言いきれない。ふだん表に出ないうつ病患者が外出すれば、それだけで精神的なプレッシャーになる。ほんのわずかな落ち度でも、病気による判断能力の低下と結びつけられやすい。それが死亡理由の一因と認められたら、保険会社の思うツボだ。希死念慮の症状があると余計にそうで、ふっと魔が差して、自分から車の方へ吸い寄せられたという言い分が通ってしまうことだってある。あくまでも素人の意見だが、よほどのことがない限り、普通の事故でもなかなかすんなりと保険は下りないだろうね」

りさぴょんの言う通りだと、夢の島は思った。智代が交通事故で死んだ時も、似たような理由で示談金が減額されたのを思い出したからだ。

「代議士とか、偉いさんのコネはないのかよ」イクル君がもどかしそうに言う。「保険会社っていうのは、そういうのに弱いんだろ。有力者が電話一本かけて、よろしく頼むと言えば、告知義務違反ぐらい簡単に――」

夢の島は首を横に振った。そんなコネがあれば、初めから苦労しない。夢の島の表情を見て口をつぐんだが、イクル君はまだ何か言い足りない顔をしている。

りさぴょんは無言で、細い目をさらに細くした。

辛気くさい沈黙を破ったのは、カネゴンだった。

「病死は望み薄、事故死もダメなら、残る手だてはひとつしかないな」

「残る手だて？」

「殺人だよ」カネゴンは冗談みたいに言った。「今は落ち着いているかもしれないが、いつまた病気がぶり返して自殺を図るかわからない。手遅れになる前に、先手を打てばいいのさ。他殺なら、うつ病との因果関係なんて問題にならないだろう？」

不意をつかれて、夢の島はあんぐりと口を開けた。

すぐに答が出なかったのは、馬鹿馬鹿しいと思ったからではない。その逆だった。自分の生活と感情をきつく縛っていた結び目、何重にもからみ合った固い結び目が、カネゴンのたった一言でするっとほどけたような気がしたからである。

そして、一度その結び目が解けてしまうと、夢の島はもうずっと前から——智代に裏切られたと感じた時から——自分がそういう形の決着を求めていたことに気づいた。妃名子の死から利益を得るのは、智代への仕返しのためなのだと。

「あんたの言う通りだ」真面目くさった顔で、りさぴょんが応じた。「殺人事件の被害者なら、告知義務違反に引っかかることはない。だが、もっと別の問題がある。受取人が自分で手を下した場合、保険金をもらう権利は失われる」

「当たり前だ。俺だって、自分で殺せとは言ってない」

カネゴンの返事を聞いて、夢の島の心臓がどくんと鳴った。

「——今のはどういう意味だ？」

「ほんの思いつきだよ。同病相憐れむっていうやつだ」思わせぶりににやっとしてから、カネゴンはりさぴょんに顔を向けた。「さっきから聞いてると、あんたずいぶん保険や精神疾患のことに通じているんだな。とても聞きかじりの知識じゃない。そのへんのノウハウを詳しく調べないといけないような、個人的な事情でもあるのかと思ってね」

りさぴょんはあごを上げて、カネゴンの視線を避けながら、

「誰にだって、個人的な事情のひとつやふたつあるものだ。それとこれとは別の話で、あんたが考えているような事情とはちがうんだが」

「なるほど」カネゴンは夢の島に目を戻して、「誰にだって、目ざわりな人間のひとりやふたりはいるらしい。あんたの嫁さんみたいに」

「どういう意味だ？」夢の島はもう一度言った。

「類は友を呼ぶということさ。そこの兄さんにも聞いてみろよ」今度はイクル君に呼びかける。「体の丈夫な伯父さんがいるんだってな」

イクル君ははっとして、唾を呑んだ。ばつの悪そうな表情が、みるみる険しいものになっていく。カネゴンは満足そうににやついて、おもむろに開けた河原を見渡した。立ち止まって話し込んでいたせいで、ほかの班はずいぶん先へ行っていた。

そこには四人しかいなかった。

「俺もそうだ」とカネゴンが言う。「あんたたちと同じなんだ」

それで足りた。四人は同じ空気に染まっていた。

カネゴンは身振りでもっと近づくよう、ほかの三人に命じた。寄せ集めのメンバーの名ばかりの代表ではなく、目的を持ったリーダーの態度に変わりつつあることに、夢の島は気づいた。りさぴょんとイクル君も、そう感じていたにちがいない。

カネゴンは唇をなめると、低い声でこう告げた。

「――交換殺人について、聞いたことがあるか？」

3　ちぢれ毛の老人

英国ではスペードのA《エース》のことを、オールド・フリッツルとよびます。ちぢれ毛のじじいという意味です。これはかつて英国でカードに税金がかけられたときの名残なのです。

一七一一年に、一組のカードのどれか一枚に税金をおさめた証拠にスタンプをおすことが法令できめられました。そのときたまたま選ばれたのがスペードのAだったのです。このためスペードのエースはデューティ・エース（関税エース）とよばれ、そのマークは王冠やリボンで飾られ、製造会社の名前を記入することが義務づけられました。現在のカードにみられるスペードのA《エース》の過剰装飾にはこういったいきさつがあるのです。

――松田道弘『トランプものがたり』

「小腹がすいたから、ラーメンを食いにいってくる」

夢の島はそう言って家を出た。土曜日の夜だった。

妃名子が病気になってから、食事の時間は不規則になりがちで、週末の夜、夢の島が車で出かけるのも珍しくなかった。食べ歩きリストをつぶしていくようなマニアではないけれど、急に思い立って評判の店まで遠出するぐらいはざらである。

その習慣が役に立った。妃名子はついてこないし、最近は夜中に留守番させても、以前ほど強い不安を訴えなくなっている。夜食のラーメンという口実は、深夜の外出の目的をカムフラージュするのにうってつけだろう。

カーナビの指示に従って、狛江通りから甲州《こうしゅう》街道へ車を走らせた。気がはやってスピードを出しすぎないよう、何度もメーターの針を確認する。環八《かんぱち》通りを北上し、石神井《しゃくじい》公園の二十四時間駐車場に車を駐めた。駐禁でキップでも切られたら台無しだ。

午前〇時半。四十分ほどのドライブだった。

夢の島はリアハッチを開け、カーゴスペースから七つ道具を入れたリュックと折りたたみ式自転車を下ろした。ドイツ製の輸入品で、十八インチ車輪の軽量タイプ。まだ智代とぎくしゃくしていなかった新婚の頃、誕生日プレゼントにもらったものだ。もう長いこと乗っておらず、物置で埃《ほこり》をかぶっていたが、昼間のうちにタイヤチューブに空気を入れ、念入りに油を差してやると、十分走れることがわかった。

折りたたんだ状態から組み立てる手順は、体で覚えている。イクル君のジョギングウェアとスニーカーを身に着け、リュックを背負った。つば付きの帽子をかぶり、手袋をはめてサドルにまたがる。富士見台方面へ車首を向け、ペダルを漕《こ》ぎ出した。

薄曇りの肌寒い夜で、まだ路上の人通りは絶えていなかった。なるべく人目につかないルートを走るつもりで、地図もしっかり頭に入っていたが、深夜の街は方向感覚を狂わせる。脇道に入りすぎて迷わないよう、石神井川に沿ってペダルを踏み続けた。

目的地まで二キロ強の道のりを自転車で往復することにしたのは、現場付近で自分の車が目撃されるのを避けるためである。だがそれにもまして、智代からの贈り物を犯行に利用するという思いつきに、夢の島はひねくれた満足感を抱いていた。

十分ほど走って体が暖まってきた頃、ひっそりとした住宅街に入った。自転車のスピードを落とし、ブロック塀に設置された街区表示板を頼りに、灯りがまばらになった家並みへ目を配る。すれちがう人影はなく、大通りの車の音もずいぶん遠のいて聞こえた。今の自分が「不審者」以外の何物でもないことを、あらためて意識した。一戸建ての住居が密集しているせいだろうか、明るい窓が目に入るたび、自身の行動が監視されているような気がして、とたんに落ち着かなくなった。

今ならまだ引き返すことができる……。

そんな考えが頭をよぎり、思わずブレーキをかける。

だが、気後れしたのはほんの一瞬だった。地面に足が着くのと同時に、アリの巣観察キットに目をこらしている妃名子の横顔、そして、救急病院のベッドに横たわった智代の死に顔が相次いで脳裏によみがえり、ためらう気持ちはどこかへ押しやられた。

妃名子の病気と同じで、ありもしない脳内の不安に怯えているだけだ。そう自分に言い聞かせて、夢の島は自転車から降りた。死んだ智代への遺恨を晴らし、妃名子の束縛から自由になるために、仲間たちと交わした約束を果たさなければならない。

深呼吸して気持ちを仕切り直すと、そのまま自転車を押して歩いた。背中を丸めて街灯の光を避け、二度と会うことのない三人の同志の顔と声を思い出しながら。

「プロジェクトの成功を祈って、乾杯！」

じきに目的の家が見つかった。外観を携帯の画像と見比べるまでもない。家と同様、古びて黒ずんだ表札に「安斎秋則《あきのり》」と記されていた。

スペードのエースは、安斎のA。イクル君の伯父の名前だった。

門の前をやり過ごし、敷地の西側へ回ると、アスファルトの駐車場になっていた。ブロック塀で境界が仕切られているが、楽に乗り越えられる高さで、忍び返しの類もない。

駐めてある車の陰で自転車を折りたたみ、サドルを踏み台にしてブロック塀に登る。構造上、脚立の代用品にならないのは承知のうえだ。体重をかけすぎないよう注意したので、何とか持ちこたえてくれた。

塀の上から自転車を引き上げ、そっと内側に下ろして、自分も着地した。その場にうずくまって息を整え、帽子を深くかぶり直して辺りの気配をうかがう。

その時だった。いきなり低いうなり声がして、方向も定まらない暗がりから毛の生えた塊《かたまり》が飛びかかってくる。

不意をつかれてバランスを崩し、尻餅をついた。胸と脇腹をグイグイ押さえつけられ、身動きが取れない。腰から下に力が入らず、地面についた両腕は棒のようになっている。熱くて湿っぽい獣の息が、至近距離から顔にかかった。

家の主人が放し飼いにしている秋田犬だ。夢の島は歯噛《はが》みした。番犬がいることはわかっていたのに、後手に回って手も足も出ないとは——。

ところが、完全に無抵抗な姿勢になったのが、逆に幸いしたらしい。犬は吠え立てることもなく、夢の島の体のあちこちに鼻面を押し当て、思う存分においを嗅《か》いだ。すでにウェアにしみ込んだイクル君の体臭を嗅ぎつけていたようだ。昔なじみの知り合いにじゃれつくみたいに、何度も顔をこすりつけてくる。

地面についた右手をそうっと持ち上げ、おそるおそる頭をなでてみた。犬は物欲しそうな顔で口を開き、舌を垂らしてハアハア息をする。身振りで下がれの合図をすると、夢の島を押さえつけていた前肢をどけ、股の間で待機の姿勢になった。

作戦成功。思わずため息が洩れる。

こういうのもビギナーズ・ラックというのだろうか。夢の島は尻餅をついたまま、背中のリュックをはずし、中からタッパーを出した。蓋を開けると、犬にはぜいたくな加工ミートの香りが漂う。イクル君から受け取ったドッグフードの缶詰に、妃名子の睡眠導入剤をすりつぶして混ぜたものだ。片方の手で肉の匂いを嗅がせてやりながら、反対の手を支えにしてやっと立ち上がり、犬の前にタッパーを置く。腹をすかせていたにちがいない。よしと合図すると、タッパーに口を突っ込んで、ガツガツ食い始めた。

服についた土を払い、地面に残った体の跡も消しておいた。犬は食事に夢中で、もうこっちには見向きもしない。じきに薬が効いて、眠り込んでしまうだろう。夢の島は犬に背を向け、体を低くして母屋の壁へにじり寄った。

安斎秋則は妻に先立たれた独居老人で、十時には床に就《つ》き、朝は五時に目を覚まして犬の散歩に出かけるのが日課だという。土日でも、夜更かしすることはない。イクル君に教えられた通り、家の中はすっかり寝静まって、灯りも完全に消えていた。

物音を立てないよう、壁に沿って居間の方へ移動する。

押し込み強盗の犯行に偽装するため、居間の掃き出し窓から屋内へ侵入する手はずになっていた。クレセント錠式の古いサッシ窓で、戸締まりはしてあったが、雨戸は無用の長物と化している。夢の島はリュックからマイナスドライバーとペンライトを取り出し、ガラス越しにクレセント錠の位置をたしかめた。

プロの窃盗犯は、三角割りという手口を使うそうだ。自宅を購入する際、防犯関係のノウハウをずいぶん勉強したおかげで、具体的な手順もよく知っていた。クレセント錠の上の部分、ガラスとサッシ枠の間に外からマイナスドライバーを差し込んでひねり、ガラスに斜め下向きのひびを走らせる。クレセント錠の下でも同じことを繰り返し、斜め上向きのひびを走らせると、三角形にガラスが割れ落ちる……。

ぶっつけ本番だったが、実際に試してみると、素人でも簡単にガラスが割れた。防犯対策とは無縁の、旧式のサッシ窓だったからだろう。使い捨てライターの点火レバーを押す程度の音がしただけで、別の部屋で熟睡している老人が目を覚ます気遣いはない。ガラス穴に手を入れてクレセント錠をはずし、土足で居間へ上がり込んだ。

中へ入ってしまえばこっちのものだ。大まかな間取りは頭に入っている。闇《やみ》に馴れた目が冴え、全能感のようなものが体を満たした。夢の島という仮名の人格に少しずつ命が吹き込まれ、今ようやく独り立ちしたような感じでもあった。

だが、それも同じ自分なのだ。夢の島は奥の六畳間へ向かった。

和室の襖《ふすま》は建て付けが悪く、ガタガタ音がするので、半分開けるのにも苦労した。体を横にしてどうにか寝室にすべり込むと、家の主は布団の上で鼾をかいている。夢の島はペンライトで顔を照らした。

ちぢれた灰色の髪。鼻の横に目立つイボ。襖を引く音にも気づかないぐらい熟睡しているのに、両のまぶたが薄く開いて、濁《にご》った白目がのぞいていた。

ターゲットにまちがいない。

安斎秋則は目をしばたたき、布団の間で芋虫のようにもぞもぞ動いた。

「声を出すな」マイナスドライバーを老人の喉に当て、皮膚に痕《あと》がつくほど先端を食い込ませる。「そのままじっとしてろ。騒いだら殺す」

安斎はかっと目を見開き、斜めに頭をのけぞらせた。閉じきらない口からえずくように息を吐き、首をよじりながら懸命にうなずく。正露丸《せいろがん》みたいな臭いがした。

ペンライトを口にくわえ、リュックから粘着テープを取り出した。老人の喉にドライバーを当てたまま、空いた手で掛け布団をはぎ取り、寝間着の襟《えり》をつかんで上体を引き起こす。正露丸みたいな口臭が強くなって、夢の島は顔をしかめた。

背中で両手を組ませ、骨張った手首を粘着テープでぐるぐる巻きにする。そのまま横に倒し、足首もテープで縛って体の自由を奪った。

くの字になった老人は身じろぎもせず、哀願するような目で夢の島を見上げた。枕をこっち側へ持ってきて、口にくわえたペンライトをその上に載せ、安斎の顔に光を向ける。ドライバーで鼻の横のイボをつつきながら、夢の島は口を開いた。

「言う通りにすれば、命は取らない。金はどこにある？」

安斎は落ち着きなく目を動かし、妙に芝居がかった口調で、

「く、食っていくだけで精一杯で、金なんかどこにも――」

夢の島は無言で、ドライバーの先端をイボにねじ込んだ。

「わ、わかった。正直に言うからやめてくれ」

苦痛に顔をゆがめて、必死に訴える。夢の島が手の力をゆるめると、ちぢれ毛の老人は荒い息をつきながら、それとごっちゃになったようなあえぎ声で、

「後ろのタンスの、いちばん上の戸棚に、通帳と生活費がある。それで勘弁してくれ」

夢の島は立ち上がって、タンスの戸棚をのぞいた。煎餅《せんべい》の空き缶に預金通帳や保険の証書類、薄っぺらい茶封筒が入っている。通帳類は無視した。

茶封筒の中味は、数枚の紙幣と硬貨だけ。

「これっぽっちじゃないだろう」

畳に膝《ひざ》をつき、安斎の頰《ほお》をわしづかみにして上を向かせる。

またあの臭いが鼻につき、無性に苛立《いらだ》ちが募《つの》った。夢の島は逆手に握ったドライバーを安斎の鼻の穴に突っ込み、鑿《のみ》を打つような手つきをしてみせながら、

「欲しいのはこんな端金《はしたがね》じゃない。あんたはもっと貯め込んでいるはずだ。金のありかを吐かないと、こいつが脳まで突き刺さって、鼻血が止まらなくなるぞ」

老人の形相が恐怖で固まった。事前の計画にはなかった台詞で、どこからそんな脅し文句が出てきたのか、自分でもよくわからない。それでも夢の島は手加減しなかった。ドライバーの先端で鼻の奥、粘膜《ねんまく》の辺りをつついてやると、涙腺が刺激されたのか、老人の目から涙があふれた。

「――教える。教えるから、それはやめてくれ」

「次はないぞ」夢の島はドライバーを引き抜き、あごをしゃくった。「どこだ?」

「客間の押入れの天井裏に、老後の全財産が隠してある。仏壇のある部屋だ」

「押入れの天井裏だな」

念を押すと、安斎はガクガクうなずいた。粘着テープをちぎって、その口をふさぐ。騒がれることより、正露丸みたいな臭いが気になって仕方ないからだ。


仏壇のある客間というのは名ばかりで、今はほとんど見捨てられた物置みたいになっていた。ケチな性分で、物が捨てられないのだろう。古着を詰めた段ボール箱や使い道のない贈答品、リサイクルショップでも引き取ってくれないようなガラクタが山と積まれ、埃をかぶっている。仏壇の扉も閉めきって、長いこと開けられていない様子だった。

ところが、そのガラクタの山の中にひとつだけ、わりと新しいプリンタスキャナが置いてあるのに気がついた。たぶん数年前のモデルだ。両面印刷対応の、かなり値の張りそうなハイスペック複合機で、明らかにそれだけ周りから浮いている。

隠居したケチな老人がどうしてこんなものを？

当然の疑問が脳裏をかすめたが、安斎秋則の道楽を詮索している暇はない。まずは現金のありかをたしかめることだ。

夢の島は押入れの引き戸を開け、棚板の上段に積まれた寝具をどけた。ペンライトをくわえて棚板へ登り、中腰になって頭上の天井板を押し上げる。埃っぽい空気と干からびた動物の糞《ふん》の臭いで鼻がムズムズしたが、老人の口臭に比べたらましだった。

天井板を横にどけ、膝を伸ばすと、みぞおちから上が天井裏に突き出た格好になる。顔に引っかかった蜘蛛《くも》の巣を払ってから、ペンライトで真っ暗なスペースを照らした。すぐ目の前に、古い雑誌を紐《ひも》でくくった束がぎっしりと並べられている。

いちばん上の表紙を見て、夢の島は苦笑した。

どれも年代物のエロ雑誌ばかりだったからだ。

さっきの疑問が解けたような気がした。安斎秋則が高価なプリンタスキャナを手に入れたのは、エロ雑誌のお気に入り写真を取り込んで、デジタル保存するためだったにちがいない。雑誌は用済みになったけれど、せっかくのコレクションを捨てるに捨てられず、悩んだ末に、人目につかない天井裏に隠しておいたのだろう。夢の島はほんの一瞬、老人に憐れみを覚えた。いくつになっても、男というのは浅ましいものだ。

だからといって、これが老後の全財産というわけではあるまい。

雑誌の束を動かして隙間を作り、ペンライトの光を奥に向ける。冊数の少ない束で蓋をする格好で、菓子折ほどの大きさの風呂敷包みが隠されていた。邪魔な雑誌をどかし、結び目をほどく。中味を見て、夢の島はごくりと唾を呑んだ。

帯封をした一万円の札束が横並びに四つ、三段に重ねてある——しめて千二百万円。何年も前に口座から引き出して、そこに秘蔵していたようだ。福沢諭吉の肖像が描かれているけれど、ホログラムのない旧札である。

風呂敷包みごと引っぱり出そうとして、あやうくその手を止めた。カラオケボックスの打ち合わせで、イクル君に言い含められたことを思い出したからだ。

「——伯父は昔から手先が器用で、老眼が進んで細かい作業ができなくなるまで、電気工作やアイデア商品みたいな発明に凝っていたことがある。ああいう性格だから、金の隠し場所にもその手の仕掛けがしてあるかもしれない。注意してくれよ」

現金を目の当たりにして、舞い上がりかけた気持ちを引き締めた。爪先立ちになってペンライトを近づけ、風呂敷と札束の周りをくまなく調べる。

手を止めて正解だった。札束の下から、細い糸のようなものがはみ出している。風呂敷の布を貫通し、暗がりの奥へ延びていた。後ろの雑誌の束に阻《はば》まれて糸の先は見えず、手も届かない。いったん押入れから出て、踏み台を探した方がよさそうだ。

客間のガラクタの中から古いスピーカーの片割れを選んで、棚板へ運ぶ。その上に足を載せ、もう一度天井裏をのぞいた。糸を引っぱらないよう、積まれた札束を慎重に取りのけ、ひとつずつペンライトの光を当てていく。最上段の四つは問題なかったが、中下段の八つの札束は全部、千枚通しで隅に穴が開けられているのがわかった。

釣りに使うハリスをその穴に通して、目立たないように一本に結び合わせてある。カムフラージュのために置かれた雑誌の束をよけると、仕掛け糸の先に手製のブザーボックスらしき装置がつながっていた。踏み台と対になるスピーカーを改造したもので、天井が抜けないよう補強金具を取りつけ、しっかりネジ止めされている。

危ないところだった。大金に目がくらみ、風呂敷ぐるみで持ち出そうとすると、八つの札束に通した糸が引っぱられて絶縁ピンが抜け、警報ブザーが鳴り響く。天井裏を共鳴ダクトみたいにして、音量が増幅される仕掛けになっているかもしれない。

イクル君が伯父の死を願うのも、無理はないと思った。盗難防止の仕掛けにしては手が込みすぎていて、ひとりよがりな老人のねじくれた悪意を感じさせるからだ。甥《おい》に金を盗まれることを警戒して、こんな装置をこしらえたのかもしれないが、だとすればイクル君は何年も前から、猜疑心の塊のような伯父の視線にさらされていたことになる。直接の動機は遺産目当てだとしても、殺意を抱かせたのは、安斎秋則の自業自得だ。

そう考えると、いっぺんに気持ちが軽くなった。

糸を通してない四つの札束だけ頂戴して、押入れから出る。

ヒモ付きの八百万は、天井裏に放置した。残していくのは口惜しいけれど、千枚通しで穴を開けた紙幣は足がつく怖れがあるから、どうせ使いものにならない。客間のガラクタの中から荷造りロープの切れ端を拾い、夢の島は奥の寝室へ戻った。

警報ブザーが鳴り出すのを、今か今かと心待ちにしていたにちがいない。ペンライトの光を向けると、安斎はそれとわかるほど落胆の表情を浮かべた。

「――残念だったな、爺さん」

札束で老人のほっぺたをなでてやる。顔を近づけただけで、鼻がムズムズした。

「もうちょっとで引っかかるところだったよ。妙な小細工をしなけりゃ、助けてやったかもしれないのにな。八百万は残しておくから、せいぜい立派な葬式を出してもらえ」

ちぢれ毛の老人は目をむいて、激しく首を振った。粘着テープでふさがれた口をもぐもぐさせながら、むせぶような鼻息で懸命に命乞いする。

「何か言いたいことがあるのか、爺さん？」

安斎は何度もうなずいた。夢の島は首を横に振り、

「俺は何も聞きたくないね。あんたの息は臭いんだ」

相手の首にロープの切れ端を巻きつけ、両手でぐいぐい引っぱった。老人は全身を波打たせて暴れたが、手足の自由が利かないので、初めから勝負にならない。

不意に抵抗する力が失せ、白目をむいてぐったりとなった。

夢の島はロープから手を離すと、老人のまぶたを広げてペンライトの光を当てた。瞳孔《どうこう》が開きっぱなしなのをたしかめて、ふうっと息をつく。

腕時計に目をやると、午前一時十五分。予定よりだいぶ時間のロスがある。

四百万の札束とマイナスドライバー、粘着テープをリュックに収め、ペンライトの光で室内をくまなくチェックした。死体の首に巻きついたロープは、もともとこの家にあったものだし、粘着テープはどこにでもある量販品だから、入手経路はたどれない。ずっと手袋をはめていたので、指紋が残る気遣いもなかった。

見落としがないことを確認して居間へ舞い戻り、掃き出し窓から外に出る。番犬は飼い主が死んだことも知らず、地べたに肢を投げ出して、ぐっすり眠り込んでいた。きれいになめ尽くされたタッパーを回収し、侵入時と逆の手順でブロック塀を乗り越える。外の駐車場で折りたたみ式自転車を組み立て、サドルにまたがって現場を離れた。


自転車を漕いでいる間、夢の島の頭の中は空っぽだった。

流れていく景色もほとんど目に入らず、機械的にペダルを踏んでいるうちに、ふと気づくと見覚えのある場所に着いている。石神井公園の駐車場だった。

いったん自分の車へ戻り、自転車とリュックをカーゴスペースに積み込んだ。ジョギングウェアとスニーカーを脱いで、自分の服に着替え、もう一度車をロックする。そこから徒歩で、石神井公園商店街のラーメン屋へ向かった。

来るのは二度目だった。週末は午前三時まで営業している店で、店内はそこそこ混んでいる。夢の島はカウンターの空席に坐り、つけ麺を注文した。アリバイ工作として見れば隙だらけだが、警察が調べにくることはないだろう。あくまでも妃名子の疑いを招かないための方便だった。

注文した品が来る。濃厚な豚骨魚介スープのにおいを嗅いだとたん、夢の島は顔をしかめた。口と鼻の中に、ちぢれ毛の老人の口臭がよみがえったからだ。

割り箸を割ろうとしたが、両手が震えて力が入らない。店員が不審そうな目つきでこっちを見ているのに気づいて、冷や汗が止まらなくなった。かろうじて箸を割り、あぶなっかしい手つきで麺をスープに浸す。

口に入れると、正露丸みたいな味がした。

頭の中で大音量の警報ブザーが鳴り響く。

幻聴だとわかっているのに、耳について離れない。夢の島は吐きそうになるのを必死にこらえて、正露丸味のつけ麺を呑み込んだ。

第二部

4　イクル君

近藤庸三は、でたらめにカードを二枚えらんで、さしだした。

「目をつぶって、一枚とれ」

「こりゃあ、簡単でいいや」

土方は、手をのばして、カードをとった。ハートの四だ。勝ちめはすくない。近藤はのこりのカードを、笑顔でひろげた。ところが、それはスペードの二だった。

「お気の毒さま」

——都筑道夫『紙の罠』

富士見台の伯父の家に着くと、前の道路が警察車両でふさがれ、隣接する駐車場には人垣ができていた。日曜の昼下がり、憂い顔の住民たちが口々に、外国人のしわざじゃないですか、このへんも物騒になりましたねえ、と言い交わしている。

イクル君は深呼吸してから野次馬をかき分け、立ち番の制服警官に声をかけた。

「安斎秋則の親戚の者です。さっき携帯に連絡があって、至急来るようにと――」

「被害者の甥御さんですか？」

氏名を確認して、立ち入りを許された。黄色い現場封鎖テープをくぐり、警官の指示に従って開け放った門から庭へ入る。ガウガウと吠える声が聞こえた。

伯父の飼い犬、秋田犬のジローだ。

普段とちがって、鎖で小屋につながれている。注射器を手にした鑑識官の女性が、暴れるジローをなだめようとしていたが、見るからに手こずっていた。知らない人間が大勢出たり入ったりしているせいで、相当気が立っているようだ。見かねたイクル君は、犬の前に駆け寄って、ジロー、待て、お坐りと連呼した。

ジローは吠えるのをやめ、言いつけに従った。ご褒美《ほうび》に頭をなでてやると、尻尾を振ってイクル君のジーンズに鼻と口をこすりつける。慣れ親しんだ歓迎のしぐさだ。

「すみません」と鑑識官が言った。「ちょっとそのままでいてもらえますか」

「それ、麻酔か何かですか？」

注射器を横目でにらむと、相手はかぶりを振って、

「血液のサンプルを採るだけです。薬で眠らされた可能性があるので」

　そんなことまで調べるのか。内心ひるんだが、協力を拒《こば》んだら怪しまれる。針が刺さっている間、ジローの頭を抱き寄せ、いい子だ、よしよし、と慰めてやった。鑑識官は採血キットにラベルを貼り、ご協力に感謝します、とイクル君にお辞儀した。

「ずいぶん馴れてるんですね。よくこちらへ？」

　男の声に振り返ると、私服の刑事が立っていた。いきなりそこに現れたのではなく、ジローの採血が終わるまで、声をかけるのを控えていたようだ。犬と人間と、どっちを観察していたのだろうか。

「最近はそうでもないんですけど」イクル君はさりげなく応じた。「伯母が生きていた頃は、ちょくちょく出入りしてたんで、こいつとは子犬の頃からの付き合いです。さっき携帯に電話をくれた刑事さんですか」

「いや、それは別の者です。申し遅れました、警視庁の久能《くのう》といいます」

　刑事は警察手帳を示した。階級は警部。現場の責任者っぽい口ぶりで、

「楢崎翔太《ならざきしょうた》さんですね？　安斎秋則氏の甥御さんの」

「そうです」

「急にお呼び立てしてすみません」久能は軽く頭を下げた。「ご近所の方から甥御さんがいるとうかがって、故人の携帯を調べさせてもらいました。唯一のご親族だそうで、驚かれたでしょょ

う。すぐに来ていただいて、こちらも助かります」

「強盗に入られたと聞いたんですが、本当に伯父が……？」

「お気の毒ですが、電話でお伝えした通りです」

イクル君は唇を噛んだ。大げさなリアクションは、かえって嘘くさい。

「わかりました。今からその、遺体の確認とかしないといけないんでしょうか」

「遺体はすでに搬出しました。向かいのお宅のご主人に身元を確認してもらったので、まちがいはないでしょう。それでも万一ということがありますから、後ほど署の方へ寄っていただけませんか。遺体引き取り等の手続きについても、その際に係の者が説明します。今日これからのご予定は？」

「特に用事はないですけど」

「では、よろしくお願いします」と久能は言った。「それまで少しお話をうかがってもかまいませんね。まだ現場検証が続いているので、賊が出入りした部屋は使えませんが、台所には侵入した形跡がない。そこでいかがでしょう？」

身振りでイクル君を促《うなが》した。口調は丁寧だが、有無を言わせない響きがある。

もっとかまってほしそうなジローの目に見送られて、二人は勝手口へ回った。靴を脱いで台所に上がると、後に続いた久能がさりげなく土間に目を落とす。イクル君ははっとした。下足痕と比較するために、脱いだ靴のサイズをチェックしたのではないか。

ジローに関する質問といい、この刑事はぼくに疑いの目を向けているかもしれない。イクル君は気づかないふりをしながら、ぼろを出さないよう気持ちを引き締めた。

「一一〇番通報したのも、お向かいのご主人なんです。今朝八時頃、こちらのお宅の庭で犬が吠え続けているのを不審に思い、様子を見にきて異状に気づかれた」

べたべたした食卓の対面に坐った久能が、事件のあらましを告げた。向かいの家でも犬を飼っていて、いつも散歩の途中、顔を合わせていたそうだ。

毎日もっと早い時間にジローを連れて出かける習慣なのに、今朝は姿を見ていない。体の具合でも悪いのではと心配になり、声をかけにきて、庭に面した居間の掃き出し窓が壊されているのに気づいた。あわてて中に入り、寝室で倒れている隣人を発見したが、粘着テープで手足を縛られた状態で、すでに冷たくなっていたという。

「居間の掃き出し窓が？」

イクル君はおそるおそる口をはさんだ。打ち合わせ通りだと思ったことが、顔に出ていなければいいのだが。

「三角割りという窃盗の常習犯が使う手口です。後でお見せしますが、古いサッシのクレセント錠は、ほとんど防犯の役に立ちません。こちらのお宅のように犬を飼っていても、安心できないんですよ。最近の強盗は番犬対策に、毒物や睡眠薬を混ぜたドッグフードを用意してますから。

賊の侵入時に犬が騒がず、八時頃までおとなしくしていたのは、夜半過ぎから薬で眠らされていたせいではないかと」

「それでジローの血液検査を。外国人強盗団とか、そういう連中のしわざですか。このへんは都内でも、まだそんなに物騒じゃないと聞いてたんですけど」

表の野次馬の口調を真似ると、久能は態度を決めかねるように、

「どうでしょう。下足痕から見て単独犯のようですし、粘着テープの縛り方も手慣れた感じがしない。プロの常習犯を装った、素人の犯行という線も捨てきれないんです」

「でも、さっき窓の壊し方はプロの手口だと」

「今は防犯マニュアルやネットを通じて、誰でも簡単にその種の情報が手に入れられますから」

久能は嘆かわしそうにかぶりを振って、話題を変えた。「ところで、安斎氏は区役所にお勤めだったそうですが、退職後はどんな暮らしをされてたんですか」

「しばらくは退職金を元手に、株や不動産に投資を。役所にいた頃のコネを使って、そこそこ儲けていたようですが、三年前、伯母が病気で亡くなったのを境に投資熱も冷めて、最近はすっかり世捨て人みたいな暮らしぶりでした」

「世捨て人といっても、老後の蓄えは十分だったんでしょう?」

「と思います」イクル君は明言を避けた。「手元に資金を引き揚げたおかげで、リーマン・ショックの損失を免《まぬが》れたと言ってましたから。もともとお金に細かい人でしたが、ひとりになってか

らは、ちまちま倹約するのが唯一の趣味みたいになってしまって。それこそジローの餌代も惜しむぐらいに」

「そういえば、お向かいのご主人もちらっとそんなことを。安斎氏は奥さんを亡くされてから、かなり気むずかしくなっていたようですね」

「まあ、そうです」

久能が隣人の話を引き合いに出したのは、鎌をかけるためだろう。イクル君はピンと来たが、伯父との関係がぎくしゃくしていたことを隠すつもりはなかった。どうせ調べればすぐわかることだ。

「前はもうちょっと話が通じたんですが、最近はどんどん偏屈《へんくつ》な老人になる一方で、ぼくの顔を見てもお説教ばかり……。それで足が遠のいていたんです。血のつながりはなかったですけど、伯母の方がよくしてくれました。世話好きの明るい人だったので、伯父の足りないところをカバーしてたんでしょうね」

「なるほど。血のつながりといえば、安斎氏はご両親のどちらの」

「母親の兄です。十ちがいの二人兄妹で」

「唯一の身寄りとうかがいましたが、楢崎さんのご両親は？」

「父は小学五年の時、労災事故で」イクル君は簡潔に答えた。「母が働きに出て、ぼくを養ってくれましたが、その母も八年前にがんで——亡くなる前、伯父に翔太のことを頼むと言い残したそうです。伯父夫婦には子供がいなかったので、養子にという話も出たんですが、もう大学生だったし、ぼくの方が抵抗があって。それでも伯父は、引き続き経済的な援助をすると約束してくれました」

「引き続きということは、それ以前から？」

「ええ、父の死後は何かと伯父の世話に。お金に細かい人だと言いましたが、歳の離れた妹に渡す分は例外だったみたいで、ぼくの学費も含めて、ずいぶん助かっているんです。父親がわりの恩人を偏屈な老人呼ばわりしたら、罰が当たりますね」

感情をこめない声で付け加え、目をそらすしぐさをした。伯父の死に対する哀しみを素直に表現できない、不器用な若者に見えるはずだ。それが効いたのか、久能は少し間を置いてから、次にくると予想していた相続に関する質問をスキップして、

「失礼ですが、楢崎さんの今のお勤めは？」

「求職中のフリーターです」イクル君は悪びれずに言った。二ヵ月前まで池袋のコンビニで働いていたけれど、競合店が増えて売り上げがダウン。本部の厳しい締めつけで店長が体を壊し、そのまま閉店に追い込まれたのだった。今は空いた時間を利用して、ネットオークションの転売で当座の生活費をやりくりしている。

「――どこも厳しいですね。昨夜の十二時頃はどちらに？」

「それはひょっとして、アリバイの確認というやつですか」

イクル君が突っ込むと、久能は言われつけているように頭を掻いて、

「すみません。形式的な質問なので、お気になさらずに」

「ドラマだと定番ですが、本当にそう言うんですね」決まり文句をかぶせたのは余裕の表れで、その質問を待っていたのだ。「いや、真面目に答えないと。昨日の晩、というか、今朝まで池袋のネットカフェにいました。もちろん、そこで寝泊まりしてるわけじゃありません。コンビニ勤めの時から行きつけで、身元確認のしっかりした店です」

「会員証か何か、今お持ちですか？」

イクル君はうなずいて、ジーンズの尻ポケットから財布を出した。マジックテープをはがし、カードポケットのいちばん上に差した会員証を抜き取る。

「拝借します」久能が店名と会員番号を書き留めるのを、神妙な顔で見守った。

神妙なのは外づらだけで、腹の中では舌を出している。昨日の夜は午後十一時から午前三時まで、ほぼぶっ通しでオンラインのネットゲームに興じていたからだ。パーティを組んだ仲間はいつものメンツだし、ネットカフェの店員とも顔なじみだった。ゲーム会社のログイン記録に当たれば、アリバイは万全である。

「念のため、店に確認を取りますが、それで問題ないでしょう」

イクル君に会員証を返すと、久能はいったん席をはずした。アリバイの裏を取るよう、部下に

指示するためだろう。しばらくの間、廊下でヒソヒソ話をしていたが、それほど時間をかけずに台所へ戻ってきた。今度は妙にあらたまった表情で、無色のクリアファイルを手にしている。

「失礼しました。実はひとつ、身内の方に見ていただきたいものがありまして」

これなんですがと言って、クリアファイルをイクル君の前に置いた。一万円札が一枚、はさみ込んである。

「客間の押入れの天井裏から出てきたものです。帯封をした百万円の札束が八つ、風呂敷に包んで隠してありました。これは帯封を切ってバラした中の一枚ですが、見てください、ここに穴が開いてるでしょう」

久能は紙幣の隅っこを指差した。錐《きり》で突いたような小さな穴がある。

「これだけでなく、ほかの札も全部こうでした」

「何かの目印ですか？」

「いや、千枚通しで開けた穴に釣り用のハリスを通して、手製の警報装置につないでありました。泥棒よけにこしらえたものでしょう。札束を引っぱると、糸の端に結んだ絶縁ピンが抜けて、警報ブザーが鳴り出す仕掛けです」

「ああ、やっぱり」説明を聞いて、思わずため息が洩れる。そんなこともあろうかと、夢の島に注意しておいて正解だった。自分の勘に狂いはなかったのだ。

「安斎氏がこういう仕掛けをしているのをご存じでしたか」

「いいえ。でも、いかにも伯父らしいと思ったので、つい」

「安斎氏らしいというと？」

久能の目つきが鋭くなったが、イクル君は平気だった。この件に関して、ことさら嘘をつく必要はない。正直に答えればいいからだ。

「手先が器用で、電気工作やアイデア商品めいた発明に凝っていたことがあるんです。高齢者のタンス預金は狙われやすいから、セキュリティ対策をした方がいいと言っても、今の銀行や警備会社は信用できない、自分の財産は自分で守るしかないというのが口癖でした。よほど自信がありそうな言い方だったので、何かしてるんだろうなと前から思ってましたが……。でも、現金が手つかずだったということは、伯父を殺した犯人も、隠し場所を見つけられなかったんですね」

「いや、物色した跡がありました。安斎氏を脅して、口を割らせたんでしょう。警報装置の存在にも気づいていたようです」

「なのに現金を置いていったんですか？　どうして」

これは自然に出た問いだった。どうして夢の島は現金を放置したんだ？

首をかしげるイクル君に、久能はすました顔で、

「種を明かす前に、もう一度この一万円札を見てください。どこかおかしいと思いませんか？　本当はじかに触ってもらうといいんですが、証拠物件なので」

質問の意図がつかめず、イクル君は緊張した。

何かトラップでも仕込んでいるのではないか。警戒しながら、福沢諭吉の肖像が描かれた紙幣に目をこらす。ホログラムのない旧札だった。

ふと違和感を覚え、クリアファイルを裏返して反対の面を見る。

「まさか。これ、ひょっとして——ニセ札ですか?」

半信半疑で口にすると、久能は真顔でうなずいて、

「だから賊も手を出さなかったんです。天井裏に隠してあった八百万はすべて、紙幣番号が同一のニセ札でした。カラーコピーで、両面印刷したものです。ホログラムのない旧札ですから、ぱっと見は本物そっくりですが、紙の質感や発色の具合が全然ちがう」

「なんでそんなものが」想定外の事態に、イクル君は青ざめた。「老後の蓄えを全部、誰かにだまし取られた?」

「そうではないと思いますよ。客間に両面印刷のできるプリンタスキャナがありましてね。今データを確認しているところですが、どうやら安斎氏が自分で一万円札をスキャンして、大量に印刷したようです」

ようやく事情を察して、イクル君はあんぐり口を開けた。

これればかりは作為の施《ほどこ》しようがない、正直なリアクションである。それを見て、久能の目つきが微妙に変わったような気がした。抜き打ちでテストされたのだとしたら、自分に有利な印象を与えているはずだ。

「防犯用のダミー、ということですか。万一、盗みに入られた時の用心に」

思いきってたずねると、久能は眉を寄せながら、腫れ物に触るようにうなずいて、

「たぶんそうでしょう。本物の現金は、別の場所に保管されていると思います。法に触れる危険を冒してでも、自分の財産と身の安全を守りたかったようですね。警報装置を仕掛けておけば、まさかニセ札を隠しているとは思わない。暗い天井裏なら発色のちがいは目立たないし、賊が手袋をしていれば紙質の差もごまかせる」

「底意地が悪くなったと思ってはいたんですが、まさかここまでとは」イクル君はかぶりを振った。「プリンタスキャナや紙のコストだって、馬鹿にならないのに」

「ひとり暮らしの高齢者が陥りやすい、極端な視野狭窄《きょうさく》のせいでしょう。変人と言ったら失礼ですが、お話をうかがって腑《ふ》に落ちたところもありますし。ただ、今回は賊の方が一枚上手だったようです。ニセ札であることを見破って、腹いせに安斎氏を殺害したのだとすれば、行きすぎた防犯対策が裏目に出たことになる」

「いい気になって人を出し抜こうとするから。自業自得です」

久能の想像とはちがう意味で、思わず本音が洩れた。伯父の目には、甥である自分も空き巣や強盗の予備軍と映っていたにちがいない。

「伯父のしたことは、偽造罪に問われるんですか？」

「ご心配なく。通貨偽造罪は行使の目的、つまり本物の紙幣として流通させる意図がないと成立

しません。防犯用のダミーとして保管するだけでは、行使の目的とは言いがたい。厳密に言うと、通貨及証券模造取締法に抵触する可能性はありますが、模造者本人が亡くなっているので、あえて立件するまでもないでしょう」

「それを聞いて、安心しました」

イクル君は殊勝な顔で言った。久能の口ぶりから、すでに自分が「有力な参考人」ではなく、「協力的な被害者の遺族」に仕分けられているのを確信しながら。

§

現場検証を最後まで見届けた後、警察の車で光が丘署まで移動し、伯父の遺体と対面した。世話になった恩を忘れたわけではなかったが、わりと冷静でいられたのは、カラーコピーのニセ札が罪悪感を帳消しにしてくれたからである。

伯母が生きていた頃はもう少し頼りがいがあったのに、あっという間に耄碌《もうろく》して、人が変わってしまった。今のまま長生きしても、奇行がエスカレートするばかりで、どうせろくな死に方はしなかっただろう。老いさらばえて世間に迷惑をかけ、生き恥をさらすのを未然に防いでやったと思えば、胸も痛まない。

遺体の引き取りについて説明を受け、必要な書類にサインして、やっと解放されると外はもう暗くなっていた。署にいる間に、池袋のネットカフェで昨夜のアリバイが確認されたらしい。光が丘駅へ向かうイクル君を引き止めたり、尾行する者はいなかった。

大江戸線と西武池袋線を乗り継いで、東長崎のワンルームマンションに帰った。昼からずっと神経を張り詰めていたせいか、帰宅したとたん、どっと疲れが出る。

コンビニ弁当を買ってきたが、箸をつける気にならない。ネットオークションのサイトを巡回する気力もなかった。ベッドにごろんとなって、ぼんやり天井を見上げながら、伯父の遺産のことを考える。

現場検証で、本物の現金は出てこなかった。畳の下か床下の地面が怪しいと思ったが、それを見つけるのは警察の仕事ではない。

遺言を書くのは縁起が悪い、あれは死期の迫った人間のすることだ、というのが伯父の口癖だった。伯母の死後はいっそう忌避の念を募らせ、銀行や警備会社を信用しないのと同じレベルの固定観念になっていた。体が丈夫なうちは、その禁を破ってまで、死んだ妹のひとり息子に不利な遺言を残しはしないだろう。イクル君は前からそう信じていたし、伯父が死んだ今でもその確信は揺るがなかった。

ニセ札のトラップには驚かされたけれど、裏を返せば、それだけ自分の生命財産に執着していたということだ。さもしい執着心と固定観念にとらわれて、死後の備えを怠っていたのなら、あたふたしなくても伯父の家と土地はイクル君のものになる。ほとぼりが冷めるのを待って、ゆっくり宝探しをすればいい……。

携帯の着信音で、イクル君はわれに返った。別れたはずの彼女から、二ヵ月ぶりにメールが来ている。夕方のニュースか何かで富士見台の事件を知ったらしい。〈ショータの伯父さん、死んじゃったの?〉と書いてあった。

NPOが主催するボランティア・イベントで知り合った彼女で、半年ほど付き合っていたが、バイト先のコンビニがつぶれた直後に喧嘩して、それっきりになっていた。前に伯父の悪口でさんざん盛り上がった記憶があるから、名前でピンと来たのだろう。

急に人恋しい気分になって、イクル君は返事を打った。

じきに向こうから返事。

〈超ラッキーじゃん! 遺産が入ったらお祝いしようよ〉

がっくり来た。よりを戻したいのはそれが目当てか。人恋しい気分がいっぺんに冷め、もしこのメールを誰かに読まれたら、という不安が頭をよぎる。

〈ざけんな。ほっといてくれ〉

速攻でレスし、受け取ったメールも削除した。すぐに電話がかかってきたが、むしゃくしゃして出る気がしない。着信拒否にしようかと迷っているうちに、指が勝手に動いてデータフォルダを選択し、暗証番号を押していた。

男の顔に目が吸い寄せられる。

殺しを引き受けたターゲットの画像。

約束の日付を思い出し、頭の芯が熱くなった。

元カノがどうしようと放っておけばいい。それよりもっと大事なことがある。警察の疑いが晴れたからといって、浮かれてはいられない。

ベッドから下りて、クローゼットの扉を開けた。収納ボックスの衣類の間に、預金通帳や印鑑、契約書類をひとまとめにしたファイルケースが隠してある。カラオケボックスの結団式で引いた二枚のカードも、そこに保管してあった。

スペードのジャックと、ハートの3。

契約書のかわりに取っておけと言ったのは、カネゴンだったか、夢の島だったか。その時は意味がないと思ったけれど、二枚のカードの存在感は日増しに大きくなっている。

伯父が死んだ今は、なおさらだ。

自分のノルマと向き合うために、カードを取り出そうとして、ふと誰かに見られているような胸騒ぎがした。手を止めて振り返ると、ベッドに置いた携帯の画像がそのままになっている。神経質になりすぎかもしれないが、カードをさらしたらツキが落ちそうな気がして、イクル君はファイルケースを元に戻し、クローゼットの扉を閉めた。

ターゲットの画像を閉じながら、自分の手でそいつを殺すところを想像する。ネットゲームのバーチャルな戦場では、数えきれないほどの敵を血祭りに上げてきたけれど、生身の人間が相手でその経験が通用するだろうか。霊安室で対面した伯父の顔が脳裏によみがえり、その時初めて怖れを感じた。

だが、プロジェクトが動き出した以上、もう後には引き返せない。自分の目的が達せられたからといって、逃げ得は許されなかった。お互いの素性が割れているので、仲間を裏切れば身の破滅が待っている。ノルマを果たし、プロジェクトを成功に導くため、プレッシャーに負けるわけにはいかないのだ。

二番目に死ぬのは、スペードの女王。

イクル君が手を下すのは、その次だ。

犯行予定日までの残り日数をカウントした。焦ることはない。今はとりあえず、約束の品が届くのを待つだけだ。現物を手にすれば、気分もハイになって、プレッシャーを吹き飛ばしてくれるだろう。心の準備をする時間は、まだいくらでもある……。

また携帯が鳴った。元カノからだ。

気がまぎれるなら誰でもいい。今度は無視しないで、通話ボタンを押した。

5　女王の死

「子供じみた真似はやめましょう」とゲルマンは老媼の手を取った、「もう一度だけお尋ねします。札の秘伝をお明かし下さるか、それともお厭か。」

伯爵夫人の答はなかった。見れば彼女は死んでいた。

――プーシキン「スペードの女王」

その日、法月警視《のりづき》はいつもより早い時間に帰宅した。

今日は本庁へ戻らずに、調布警察署の捜査本部から直帰したという。狛江市の会社員宅で主婦が殺害された事件で、親父さんは先週から捜査にかかりきりだった。原稿の遅れを取り戻すため、綸太郎《りんたろう》も書斎にこもりがちで、ここ数日まともに話をしていない。

「昼を抜いたから腹ぺこだ。晩飯の献立は?」

「特に何も」と綸太郎は言った。「適当に残り物でも片付けようかと」

法月警視は冷蔵庫をのぞくと、つまらなそうに扉を閉めた。所作《しょさ》のいちいちに知り合いの葬式にでも顔を出してきたような、どんよりした空気がまとわりついている。

「たまに早く帰ったんだ。景気づけに鰻《うなぎ》の出前でも取ろうや」

「ぼくはかまいませんが。何かのお祝いですか」

「お祝い? 俺の顔がそんなふうに見えるのか」

「いいえ、全然」

「だったら聞くな」警視はつっけんどんに言った。「おまえが電話しろ。鰻重の特上、肝《きも》吸い付きで。俺は着替えてくる」

綸太郎は肩をすくめた。珍しく早く帰ってきたと思ったら、虫の居所が悪そうだ。早退けしたのも、何かわけがあるのだろう。

出前の注文をすませると、部屋着に着替えた父親がダイニングテーブルの定位置に落ち着いた。卓上に伏せてある雑誌を取り上げ、断りもなしに付箋を貼ったページを開く。さっきまで綸太郎が目を通していた科学雑誌だった。

「――シロアリの女王フェロモン?」

見出しの大きい活字を読み上げる。綸太郎は向かいに坐りながら、

「女王アリが分泌するフェロモンの成分を、岡山大の研究チームが特定したんです。二種類のフルーツ香料を混ぜ合わせたような物質で、人工的に合成できる」

「新しい小説の資料か？　シロアリ詐欺なら、生活経済課の担当だぞ」

「いや、いずれネタの足しにでもなるんじゃないかと思って。蜂やアリでもそうですが、シロアリの女王フェロモンにも、同じメスの働きアリが女王アリになるのを抑制し、群れの繁殖《はんしょく》をコントロールする機能があるんです。人工フェロモンを投与すると、女王アリが死んだ後も、その群れからは新しい女王が生まれない。産卵がストップしてしまうので、効率的なシロアリ駆除が可能になるというんですけどね」

「ふーん。女王のフェロモンを浴びたやつは、女王になれない宿命か」

警視はおざなりな返事で雑誌を閉じると、老眼鏡をかけて夕刊を広げた。しばらく無言で記事に目を走らせていたが、ふと思い出したように、

「そういえば、渡辺《わたなべ》妃名子も自宅でアリを飼っていたな。シロアリじゃなくて、普通の黒い方だが。あれは何というんだ、アクリルケースに色のついたジェルを詰めて、巣作りの様子を立体的に観察できるようになっていた」

「アントクアリウムというやつでしょう」

綸太郎は話の腰を折らないよう、さりげなく応じて、

「ジェル自体に栄養分が混ぜてあるので、餌をやらなくても飼育できる。NASAが宇宙実験用

に開発した素材を商品化したものが、何年か前に流行《はや》ったはずですよ」

「たぶんそれだな。色ちがいの観察キットを三つそろえてね。癒しグッズだと聞いたが、子供のかわりか、自分が群れを支配する女王のつもりだったのかもしれん」

「——妃名子という名前だから？　狛江市で殺された女性のことでしょう。ニュースで見ましたよ」

「ん？　ああ、いま捜査中の事件だ」警視はしぶしぶ認めた。「ここのところ、寝に帰るだけで時間が取れなかったから、おまえには何も話してなかったな。まあ、いちいち相談するまでもない、じきにケリがつくと高を括っていたせいでもあるんだが……」

顔をしかめると、音を立てて新聞をめくった。

言いっぱなしで、その後が続かない。綸太郎はしびれを切らして、

「何か捜査に不手際でも？　ぼくが目にした報道では、携帯のSNSサイトで知り合った男のストーカー的犯行と目されてるようですが」

「状況証拠がそろっていたからな」警視の答はそっけない。「今朝になって、目をつけていた人物が捜査本部に出頭してきてね」

「自首したんですか」

「いや、弁護士同伴で、事件とはいっさい無関係だと主張した。逮捕逃れの攪乱戦術だろうと思ってアリバイの裏を取ったら、いちいち向こうの供述通りで、こっちもシロと判断せざるをえな

かった。おかげで昼飯を食いそびれてしまったよ」

だから機嫌が悪いのか。シロアリの見出しに目が行ったのも、シロとアリ（バイ）の組み合わせに引っかかったせいだろう（と綸太郎は解釈した）。話の続きが気になったが、ガス欠状態の父親をせっつくのは逆効果だ。出前が届くまで、質問は自重しよう。


それから十五分ほど待たされて、ようやく「援助物資」が到着した。よっぽど腹ぺこだったにちがいない。法月警視は猛然と鰻をたいらげると、それでも足りないように綸太郎の器にじっと目を注いだ。こっちはまだ半分しか食べてないというのに。

だんまりで視線の綱引きをしてから、綸太郎はため息をついて、

「ぼくの分も食べますか」

父親の顔がぱっと輝く。引き取った器に山ほど山椒《さんしょう》を振りかけ、孝行息子がどうのこうのと歯の浮くようなことを言いながら、残りの鰻もしっかり腹に収めた。

「口のところにご飯粒がついてますよ。いや、反対側」

「ああ、こっちか」

ぺろりと指をなめるしぐさで、バッテリーが回復したことがわかる。

「それで、お父さん的にはどうなんです」孝行息子は話の続きを促した。「出頭した男はまちがいなくシロだと？」

湯呑み茶碗を口に運びながら、法月警視は目をすがめるようにして、

「あれは犯人じゃないな。鳴瀬紀一《なるせきいち》という病気療養中の男でね。けっして好感の持てる人物ではなかったし、被害者に付きまとった過去があるのも認めたが、殺しとなると話は別だ。申し立てたアリバイは文句のつけようがなくて、軽率な見込み捜査と言われても、その場では返す言葉がなかったよ」

同行した弁護士にねちねち責められたのだろう。内偵の段階で、誤認逮捕に至らなかったのがせめてもの救い、とでも言いたげな口ぶりだ。

「災難でしたね。その男のほかに、めぼしい容疑者は？」

「それが悩みの種なんだ」と警視は言った。「現状ではいないと答えるしかない。というのも、渡辺妃名子は今年の四月、発作的に自殺を図って、専門医からうつ病と診断されていてね。それから半年の間、定期的に通院する以外はほとんど家にこもりきりだった」

「それで気晴らしにアントクアリウムを」

「だろうな。最近はだいぶ快方に向かっていたようだが、人付き合いはごく狭い範囲に限られて、殺されるほどの恨みを買う理由が見当たらない。仮にあったとしても、近しい人間ならわざわざ手を下すまでもない、自殺に追い込む方がはるかに簡単だったはず……。だから別の動機を探そうにも、取っかかりが見つからないんだ」

「でもその男は、携帯サイトで被害者と知り合ったんでしょう？　彼がシロでも、ほかに同じよ

うな相手がいないとは限らない。メンタルな障害を抱えて家に閉じこもっている方が、ネット上の人間関係は濃くなりがちなものですよ」

「ところが、そうではないんだな。負け惜しみに聞こえるかもしれないが、鳴瀬紀一という男に的を絞ったのには、それなりにわけがあってね」

釘を刺すように言ってから、警視は灰皿を引き寄せ、タバコに火をつけた。食後の一服というより、話に本腰を入れるための必需品である。

「携帯サイトといっても、出会い系の類じゃない。うつ病や自律神経失調症の患者が情報交換するために集まるまっとうなサイトで、被害者がそこに出入りしていたのは去年の春まで、今の亭主と結婚する前のことなんだ。旧姓は島谷《しまたに》といって、当時はもっと軽い症状だったらしいが、苗字が変わってからアクセスしていない。それどころか、四月にうつ病を再発した後は、事実上ネット断ちしていたことがわかってる」

「——病気療養中の男か」綸太郎はおもむろにつぶやいた。「同じサイトに出入りしていたということは、鳴瀬紀一もうつ病の患者なんですね」

法月警視は煙を吐きながら、ああとうなずいて、

「三年前から通院歴がある。島谷妃名子が訪れる前からサイトの常連だった。最初は薬のアドバイスとか不眠症対策とか、わりと親切に相談に乗っていたけれど、オフ会か何かで面識を持ってから、自分に気があると勘ちがいしたみたいだ。彼氏気取りのメールを頻繁《ひんぱん》に送りつけ、病気以

外のことまで指図するようになった」

「迷惑な話ですね。それで？」

「携帯の番号を変えたが、もう手遅れだった。自宅の住所を突き止められて、妃名子は身の危険を感じたらしい。当時住んでいたマンションを夜逃げ同然で引き払い、今の亭主の家に転がり込んで、どうにか難を逃れたというわけだ。うつ病を再発した後、ネット断ちしていたのは、また同じような目に遭うのを怖れていたからだろう」

「なるほど。今の亭主というのは」

「渡辺清志《きよし》、三十八歳。大手製粉メーカーの社員だ。四谷本社の加工食品事業部で、業務用プレミックス食品の営業に携わっている。島谷妃名子も派遣社員として、同じ会社に勤めていたことがあってね。押しかけ女房みたいな格好で、半年ばかり同居した後、去年の十一月に正式な夫婦になった――渡辺の方が再婚で、式は挙げなかったようだが」

警視は含みのある言い方で付け加えた。綸太郎は耳ざとく察して、

「ワケありの口ですね。職場不倫とか」

「まあな。それはそれで長くなるから、事件の方に話を戻そう。ここだけの話だが、犯人は渡辺妃名子を殺害した後、首吊り自殺に見せかけようとして現場に手を加えている」

「首吊り自殺に？」

それは初耳だった。報道には出ていない。犯人しか知りえない情報をマスコミに伏せておくの

は、容疑者をふるいにかけ、自供を引き出すための常套手段である。

「偽装工作といっても、お粗末な素人の手口でね。夫の携帯にこれから自殺するというメールを送っているんだが、現場で被害者の携帯を調べたら、明らかに死後二時間以上経過してから送信されたものだった」

「二時間以上たってから？　そっちの方が自殺行為じゃないですか」

「おまえの言う通りだよ。事件の端緒から、順を追って説明しよう」


四谷の会社にいた渡辺清志の携帯に、問題のメールが届いたのは、先週の月曜日、午後六時過ぎのことである。渡辺はあわてて調布警察署に連絡し、事情を説明して最寄りの交番から自宅へ人をやってほしいと頼んだという。

渡辺夫妻の家は中和泉《なかいずみ》交番の受け持ち区域で、自転車で十分足らずの距離にある。当番巡査が現場に駆けつけた際、玄関の扉は施錠されていなかった。迷わず屋内へ入り、二階の寝室で首を吊っている妃名子を発見したのが、六時二十五分——。

「窓のカーテンレール金具に物干しロープをくくりつけ、爪先が床に届かないギリギリの高さでぶら下がっていた。蘇生の可能性どころか、すでにその時点で、死後しばらくたっているのが一目瞭然だったようでね。現場に到着した調布署員が死体を検案したところ、のどからあごにかけて死後硬直が始まっており、直腸温の測定結果と併せて、死後二・五ないし三・五時間経過していることが確認された」

「死亡推定時刻は、三時から四時の間か。だとしたら、死んだ本人が六時にこれから死ぬとメールを打てるわけがない」

「送信時刻以外にも、他殺の証拠が歴然としていた」と警視が続ける。「縊死《いし》の場合は、頸動脈《けいどうみゃく》が閉塞して血液が循環しなくなるから、顔面が蒼白になり、溢血点《いっけつてん》も生じない。ところが、死体の顔面には、鬱血《うっけつ》と溢血点が顕著に認められた」

「首の索溝《さくこう》は？　縊死だと後ろが上に引っぱられて、斜めになるはずですが」

教科書通りの質問に、法月警視は首を横に振って、

「ほぼ水平で、物干しロープの形状とも合致しない。死斑《しはん》の発現部位も、死体が移動されたことを示唆《しさ》するものだった。首周りに吉川《よしかわ》線こそ認められなかったが、何者かの手で絞殺された後、首吊り自殺に偽装されたことは明らかだ」

吉川線（抵抗防御創）というのは、首を絞められた際、紐状の凶器をはずそうとして、索溝周辺の皮膚に被害者自身の爪跡が残ることをいう。これが認められる死体は、ほぼ他殺と見なされるが、吉川線のない絞殺死体も珍しくない。被害者が油断していたり、あらかじめ抵抗を封じられていたりした場合には、防御創が生じないからである。

「法医学の知識を持たない、素人の手口だというのはわかります」

同意のしぐさをしてから、綸太郎はあらためて首をひねり、

「――だとしても、偽装メールを送るまでのタイムラグの説明にはなりませんね。首吊り工作に要する時間を入れても、二時間以上というのは長すぎる。夕方までずっと、現場から離れられない理由でもあったんでしょうか」

「その点に関しては、有力な手がかりがある」警視は即答した。「検視の段階で、死体の両手指の爪がきれいに切られていることがわかってね。生前の被害者が自分で切ったものじゃない。殺された後、犯人に切られたんだ」

「でも、爪に生活反応は出ないでしょう。どうして死後に切られたと？」

「両手指の爪が、左右均等に切られていたからだ。自分で爪を切ったのなら、右手と左手で切り口に明らかな差が生じる。右手の爪は左手で、左手の爪は右手でしか切れないからな。そうなってないのは、犯人が切った証拠だよ。わざわざ爪を切ったのは、首を絞めた時に被害者がもがいて、顔を引っかかれたせいだろう」

「そうか」綸太郎は膝を打った。「死体の爪に、犯人の皮膚片が」

「うん。被害者の腕をブロックする際についた傷だとすれば、吉川線がないこととも矛盾しない。その手がかりを元に、われわれはこう考えた――」

法月警視は目を細めながら、新しいタバコに火をつけて、

「渡辺妃名子を殺害した後、犯人は怖くなっていったん現場から逃走した。その時点で、偽装工作は行われていなかったと思う。指紋を拭き消した痕跡があったから、計画的な犯行ではなく、

首を絞めたのもその場のなりゆきだったにちがいない。ところが、逃げた先で鏡を見るかなんかして、自分の顔に引っかき傷がついているのに気がついた」

「微量の皮膚片でも、DNA鑑定で犯人の特定は可能ですね。法医学の知識がなくても、それぐらいは常識の範疇《はんちゅう》だ」

「だから犯人は証拠を隠滅するため、現場へ戻ることを余儀なくされた。犯行自体は発作的なものだったとしても、その間に自衛の策を講じられる程度の冷静さを取り戻していたはずだ。犯人がふたたび現場を訪れたのは、たぶん五時台」

「この季節だと、その頃にはもうすっかり暗くなっている」

「そのせいで、有力な目撃情報がない」と警視はぼやいた。「殺害前後の出入りに関してもそうだから、明るさは関係ないかもしれないが……。いずれにせよ、まだ犯行が発覚していないことを知って、犯人がいっそう大胆になったのはまちがいない。そこであらためて現場に手を加え、自殺に偽装する作業に着手したとすれば、偽装メールを送信するまでに二時間以上のタイムラグが生じたことにも説明がつく。そんな小手先の粉飾で、警察の目をごまかせるわけがないんだが、それでもあえて自殺に見せかけようとしたのは、妃名子の病気を知っていたからだろう」

話が一巡して、綸太郎はやっと腑に落ちた。狛江市は二十三区外なので、変死体が見つかっても監察医務院に報告する義務がない。そのため、うつ病患者が自殺とおぼしい状況で死んだ場合、検視の段階で、事件性なしと判断される可能性が高くなる。

お粗末な素人の手口だとしても、その可能性を見込んで偽装工作を行ったとすれば、物盗りや変質者の無差別的犯行ではない。犯人は被害者のプライベートな事情にある程度通じていた人物に絞られる。

「──それだけじゃない」

灰皿にタバコの灰を落としながら、法月警視はやや芝居がかった口調で、

「彼女が通院していた狛江市の精神科への聞き込みで、興味深い事実が判明した。事件の一週間前、妙な電話をかけてきたやつがいる」

「妙な電話というと？」

「家族と自称する男からで、島谷妃名子という患者が通院していないか聞かれたそうだ。もちろん病院側は、個人情報の保護を理由に回答を拒んだが、後からそれが渡辺妃名子の結婚前の名前であることに気がついた。こっちで通話記録を調べたところ、午後五時過ぎに調布駅構内の公衆電話からかけられたものだとわかってね」

「公衆電話か。ほかの病院に、同じような問い合わせは？」

「被害者が通っていた病院だけだ。ピンポイントでかけてきたらしい」

「なるほど」

綸太郎は不審な電話の主を犯人に見立てて、大まかな事件の構図をデッサンした。旧姓の島谷で問い合わせたということは、結婚する前の知り合いで、その後、関係を断たれていた人物に限

られる。その男はごく最近、何らかの（偶発的な？）きっかけで、彼女が狛江市の精神科に通っていることを知り、所在を突き止めるため、家族と名乗って探りを入れた。病院から情報は得られなかったが、男はさらに一週間かけて妃名子の住所を割り出し、夫の不在時を狙って自宅に押し入った……。

「たしかに、鳴瀬紀一の犯行を疑わせる条件はそろってますね」

「だろう」警視は口惜しそうにタバコの吸い口を嚙んで、「死んだ子の歳を数えるようなものだが、もう少し続けていいか。どこでつまずいたか見きわめたい」

「もちろん。その前に、コーヒーでもいれましょうか」

「それがいい」と警視が言った。

「的を絞ったといっても、最初からストーカーの目星がついていたわけじゃない。携帯のうつ病サイトで知り合った男に付きまとわれたことがあるというのは、妃名子の担当医から伝えられた事実でね。カウンセリングの際、彼女がそう話していたそうだ。ただ、医師の前では具体的な人名やサイトに触れなかったので、男の素性は不明だった。妃名子は昔の携帯を処分していたし、一年半以上前のことだから、当時のアクセスログは残っていない。本人は記憶から消したいと思っていたようで、夫の清志もそれ以上の詳しいことはわからないと言っていた」

「じゃあ、どうやって鳴瀬にたどり着いたんですか？」

「苦肉の策で、現在運営されている複数のうつ病サイトに断片的な情報を流してみた。結婚前の被害者を知っているか、ストーカー男性の素性に心当たりのある人物が名乗り出てこないかと思ってね。特に男の方は、ほかの場所でも似たようなふるまいをして煙たがられている可能性が高いし、メンタルヘルス系のサイトは閉鎖的なようで、意外に横のつながりが強いから、すぐ噂が広まるにちがいない。出入りの多い複数のサイトをモニターしていれば、いずれ容疑者が網にかかると期待したんだ」

捜査情報の一部をマスコミにリークしたのもそのためで、手間のかかる作業になることは覚悟していたという。単なる中傷や見当はずれの臆測に尾ひれのついたものが殺到し、情報をふるいにかけるだけで大仕事だったけれど、ここ数年の間に、警視庁のサイバー監視技術は格段に進歩している。捜査本部は結婚前の被害者を知っているという書き込みの中から、信頼度の高そうなものを選別してすり合わせ、去年の春まで島谷妃名子が出入りしていたうつ病サイトを特定することに成功した。

「メンバーを識別して、ストーカーの実名を割り出すのにずいぶん神経を遣ったよ。関係者がうつ病の患者ばかりだから、いつもと勝手がちがってね。結果的に鳴瀬本人に心理的な圧力を加える形になったようだ。マスコミの報道とネット上に飛び交う噂を目にして、自分が疑われているのを察知したわけだから」

「それで弁護士と一緒に、捜査本部に名乗り出た」

「犯行当日のアリバイという手土産を持参してな」警視は自嘲ぎみに言った。「結びきりの熨斗《のし》紙で包んだような立派なやつで、こっちも謹んで拝受するよりなかったよ」

「どこで何をしてたんですか？」

「北千住の病院で、光線療法というのを受けていた。太陽光線に似た光を一定時間照射して、体内時計を調節し、脳内のセロトニン分泌を促すそうだ。季節性のうつ病や睡眠障害に効果があるらしい」

「本当に？　いかがわしい代替医療では？」

綸太郎が眉をひそめると、法月警視はかぶりを振って、

「まっとうな病院のようだったが、それとこれとは話が別だろう。鳴瀬は秋口から六十分の定期治療を受けるため、毎週月曜日に病院へ通っていた。事件当日も、待ち時間や医師との面談を含めて、午後三時半から五時半まで院内にいたことが、複数の職員の証言で確認されている。犯行は不可能だし、顔に引っかき傷もなかったそうだ」

綸太郎は腕を組んで、鳴瀬のアリバイを吟味した。死亡推定時刻は三時から四時の間。狛江市から北千住までは、電車でも車でも最低四、五十分はかかる。殺害時刻が三時ちょうどだったとしても、三時半には間に合わない。

「でも、けっこうきわどいところじゃないですか。死亡推定時刻を三十分ほど繰り上げてやれば、鳴瀬にも犯行のチャンスはある。妃名子はうつ病の患者だから、抗うつ剤を飲んでるでしょ

う。その副作用で、死体現象の進行が通常より遅くなるとか」

思いつきを口にすると、警視はあきれた顔をして、

「でまかせを言うなよ。そんなケースは聞いたことがないし、死亡推定時刻の幅が広がることもありえない。法医鑑定とは別に、第三者の証言で、妃名子が三時直前まで生きていたことが立証されてるんだ」

「第三者の証言というと？」

「被害者の携帯の発信履歴から、事件当日の午後二時半、前橋市に住んでいる芹沢《せりざわ》沙絵という人物に電話をかけていることがわかってね。前橋は被害者の出身地で、沙絵は高校時代の同級生だった。先方に確認を取ったところ、たしかにその時刻、妃名子から電話があって、二十分ぐらい話をしたそうだ」

芹沢沙絵は先月結婚したばかりで、妃名子からお祝いの手紙をもらっていたが、会話するのは久しぶりだった。それでも被害者本人の声にまちがいないという。病気のことは知っていたので、負担にならないよう立ち入った話は控えたけれど、わりと元気そうで、もちろん自殺を匂わせる発言もなかった……。

「三時十分前か」綸太郎は頭を掻いた。「犯行と移動を四十分以内に収めるのは、さすがに無理な相談ですね」

「犯行だけでなく、午後六時の偽装メールにも鳴瀬はタッチできない。電波の発信エリアが被害

者宅付近であることは、たしかめてあるからな。死体を首吊り自殺に偽装する時間的余裕もないし、事件とはいっさい無関係だよ」

「妃名子の通院先にかかってきた不審な電話に関しては？」

念のためたずねると、警視は駄目押しのように首を横に振って、

「電話があったのは、事件の一週間前だと言ったろう。ちょうどその時刻、鳴瀬は光線療法の定期治療で北千住の病院にいた。調布駅から電話をかけることはできない」

「電話もアウトか。でも、その方がすっきりするんじゃないですか」

綸太郎はもう一度腕を組んで、頭の中を整理した。捜査本部が鳴瀬紀一を疑ったのは、怪電話の主が旧姓の島谷で病院に問い合わせたからだ。そのタイミングといい、身元を隠すため公衆電話を使っていることといい、事件と無関係とは考えられない。

そのいずれにもアリバイがある以上、鳴瀬は完全にシロと確定する。だからといって、怪電話の主と妃名子殺しの犯人が同一人物であるという推定はくずれない。では、電話をかけたのは誰なのか？「結婚する前の妃名子の知り合いで、その後、関係を断たれていた」という既定条件を満たす人物の範囲は限られているが……。

いや、その条件には洩れがある。

捜査本部の見落としに気づいて、綸太郎はにやりとした。

「鳴瀬がシロなら、可能性は二つに絞られますね」

「――二つ?」

「ええ。まず最初に考えられるのは、問題のうつ病サイトに、もうひとりストーカー予備軍がひそんでいた場合ですが」

「その線はすでに検討済みだ」警視はにべもなく言った。「内偵の段階で、当時のサイト関係者数名と接触してみたけれど、鳴瀬以外にそういう人物は浮かんでこなかった。仮に第二のストーカーがいたとすれば、鳴瀬との間に何らかの軋轢《あつれき》が生じていたはずだ。しかし当の鳴瀬自身が、そのような人物に心当たりはないと供述している」

「でしょうね。そうすると、残された可能性はひとつしかない。犯人は捜査を誤った方向へ誘導するため、作為的に電話をかけたということです」

「最初から、鳴瀬に罪をなすりつけるつもりだったと?」

「ええ。通院先の病院にピンポイントで問い合わせたのは、そのせいでしょう。怪電話の主はその前から妃名子の動静に通じており、鳴瀬の犯行を予告するような痕跡を残すことが本当の目的だった」

続けて指摘すると、警視はいぶかしそうな顔をして、

「いや、それはおまえの考えすぎだろう。当時のサイト関係者の中に、妃名子を殺す動機を持つ者はいないんだから。鳴瀬を嫌っていた人間がいてもおかしくないが、彼を陥れるためだけに、殺す必要のない妃名子を巻き添えにするのは本末転倒だ。そんな回りくどいことをしなくても、

もっとましなやり方があると思うんだが」

「そういう意味じゃありません」

綸太郎は涼しい顔で首を横に振り、

「巻き添えを食ったのは鳴瀬の方で、犯人の狙いはあくまでも妃名子です。旧姓の島谷で問い合わせたのは、鳴瀬に疑いを向けると同時に、自分の素性を悟られないための煙幕でしょう。サイトの関係者でなくても、彼がストーカー行為に及んでいたことを知りえた人物なら、なりすますのは簡単だったはずですから」

「待て。サイト関係者以外にそのことを知っていたのは、妃名子本人と夫の清志、それに精神科の主治医だけだ。まさか主治医の自作自演だというんじゃあるまいな」

「ちがいますよ、もちろん」

「だとしたら、残るのは渡辺夫婦しかいない」と警視。「しかし妃名子は被害者だし、夫の清志にも立派なアリバイがある。おまえの言うことは支離滅裂だ」

「支離滅裂ではないと思いますよ。一年半前の時点で、妃名子の私生活に強い関心を持っていた人物なら、鳴瀬の存在を察知していた可能性があるからです。お父さんはめぼしい容疑者がいないと言いますが、ひとり肝心な人物を見落としてませんか？　渡辺妃名子に対して、誰よりも強力な動機を持っている人間を」

「誰よりも強力な動機を持つ人間？」

「渡辺清志と別れた前の女房ですよ」と綸太郎は言った。「妃名子とは職場不倫だったんでしょう？　浮気に気づいた前妻が興信所に依頼して、不倫相手の身辺を調査していたとすれば、ストーカーの存在も知りえたはずです。動機は夫を奪った女への復讐で、離婚後すぐに妃名子を殺さなかったのは、時間を置いて容疑の圏外へ逃れるため。病院に電話をかけた時は、ボイスチェンジャーを使って男のふりをした」

警視はしばらく無言だった。

ばつが悪いのをごまかすようにタバコに火をつけ、ゆっくり煙を吐いてから、

「おまえの推理には、致命的な欠陥がある。渡辺清志の前妻は智代といって、有能なイベントプランナーだったそうだがね。去年の三月、交通事故で命を落としている」

今度は綸太郎が絶句する番だった。

§

三歩進んで二歩さがる。

法月警視が風呂に入っている間、綸太郎は古い流行歌を口ずさみながら、リビングを歩き回った。誤った結論にたどり着いたのは、親父さんの説明が足りなかったせいだ。前妻が死んでいるとしても、怪電話の主に関する仮説はまだ生きている。

再婚後の関係者でストーカーの存在を知りえたのは、渡辺夫婦と精神科の主治医だけ。主治医の自作自演説はさすがに無理があるし、妻の妃名子は被害者だ。

人生はワン・ツー・パンチ——。

「こんな時間に懐メロ大会か？」湯上がりのさっぱりした顔で、警視が言った。「冷めないうちに、おまえも入ったらどうだ」

「その前にちょっとだけ。前妻の事故について、確認したいことが」

延長戦をねだると、警視はウーンとうなった。今日はこのまま寝るつもりだったんだけどな、と不平をこぼしながら、首にタオルを巻いて腰を下ろす。

「——仕方ない。智代の事故がどうしたって？」

「死んだのは、去年の三月と言いましたね。だとすると、渡辺清志は二年に満たない間に二人、立て続けに妻の葬式を出したことになる」

警視は指折り数えながら、同情的な口ぶりで、

「二十ヵ月か。つくづく運のない男だな」

「運の問題でしょうか」綸太郎は強調した。「二人目の妻は職場不倫の相手で、入籍してから一年で殺されている。普通なら真っ先に夫が疑われるケースでは？」

「おまえの言いたいことはわかるが、渡辺清志には当てはまらないよ。妃名子が殺された日は朝から四谷の会社にいたし、うつ病のケアも万全だったと聞いている。前妻の智代が死んだのだっ

て、偶発的な事故によるものだ」

「でもその事故が、仕組まれたものだったとしたら？　妃名子と不倫中だった清志にとって、智代の死は都合がよすぎるんじゃないですか」

警視の返事はノーだった。事故調書と公判記録を取り寄せて目を通してみたけれど、状況に不審な点は見当たらないという。

「智代は結婚後も仕事を続けていてね、顧客との打ち合わせの帰りにトラックにはねられた。運転手は自動車運転過失致死で有罪になったが、執行猶予がついている。金子《かねこ》夏雄《なつお》という四十代の男で、無事故無違反の優良ドライバーだった。実刑を免れたのは示談が成立したのと、被害者の側にも過失が認められたからだ」

「被害者の過失というと、具体的には？」

「トラブルを抱えて、精神的に参っていたらしい。心ここにあらずの状態で、駐車していた車の陰からいきなり車道に飛び出したので、トラックの方もよけきれなかった」

「夫の浮気のせいですね」と綸太郎は決めつけた。「だったら無関係とはいえない。間接的に事故を仕組んだという見方もできる」

「いや、それとは関係ない。智代は生前、ハイリスクなFX投資にしくじって多額の損失を出している。借金のストレスで、神経をすり減らしていたんだな。事故の直前、夫に無断で自分の生命保険を解約し、その返戻金を返済に回していた」

「保険を解約？　どれぐらいの額ですか」

「そこまでは知らないが、共稼ぎを前提に自宅のローンを組んでいたというから、それに見合った額だろう。示談金は安かったし、生命保険もパーでは、泣きっ面に蜂だ。妃名子との再婚を承諾したのも、弱り目につけ込まれたというのが実情みたいでね、そう考えると、やっぱり運のない男じゃないか」

父親の口調に含むところはなかったが、綸太郎の疑念はいっそう深まった。

相次ぐ妻の死が単なる不運続きとは思えない。二重殺人の目はないとしても、智代の不慮の死が、妃名子殺しの呼び水になった可能性が出てきたからだ。

「──前妻の事故死でもらいそこねた保険金を取り戻すために、再婚を急いだのかもしれませんよ。妃名子にも保険をかけてるんじゃないですか」

当たりをつけると、親父さんはへの字口でうなずいて、

「たしかに入籍した直後、夫婦で新しく入り直している。保険料を上乗せして、結構な額になるらしいが……。そういえば検視報告について、保険会社の調査部から何度も問い合わせが来ていたな。俺が会った調査員は、吉川線がないことを必要以上に疑問視していてね。あわよくば自殺で処理しようという魂胆だろうが、無理な相談だよ」

「うつ病による自殺なら、免責期間中でも保険は下りるはずですが」

綸太郎は首をかしげたが、警視はこともなげにかぶりを振って、

「それは契約に瑕疵《かし》がない場合だ。保険会社側の言い分だと、妃名子は結婚する前、自律神経失調症の診断を受けている。実際は初期のうつ病だったにもかかわらず、夫の清志にはそのことを秘密にしていたので、保険に加入した時も病歴を告知していない。告知義務違反で契約を無効にできるから、会社としては自殺だと助かるんだよ」

告知義務違反か！　綸太郎はようやく事件の核心をつかんだと思った。

「大事なことを忘れていました。精神疾患で通院歴があると自殺リスクが高いから、なかなか保険に入れてもらえないはずなのに――」

「だから夫の関与を疑うのは、的はずれなんだ。おまえは渡辺清志がアリバイを確保するために、共犯者に命じて代理殺人を行わせたと言いたいんだろう？」

「ええ。高額の保険をかけている以上、それがいちばん自然な解釈です」

「考えが浅いな」と警視。「妃名子殺しの動機が保険金目当てだとすれば、犯行を自殺に偽装することはありえない。うつ病が原因の自殺と認定されたら、肝心の保険が下りないんだから。それだけは絶対に避けようとしたはずだ。保険金殺人を仕組んだやつらが、告知義務違反になることを知らなかったなどと、寝ぼけたことは言ってくれるなよ」

「寝言を言うつもりはないですけどね」

綸太郎は軽くいなしてから、肩を前にせり出して、

「でも自殺でないことは、一目瞭然だったんでしょう」

「何だと？」警視は鼻をひくつかせながら、「どういう意味だ」

「文字通りの意味ですよ。お父さんがそう言ったじゃありませんか、お粗末な素人の手口で、他殺の証拠が歴然としていたって。おまけに死後二時間以上たってから、誰が見ても捏造《ねつぞう》とわかるメールまで送信している」

「だからそれは、殺害時に顔を引っかかれて――」

「本当にそうでしょうか」綸太郎は自分の問いに、自分で首を横に振って、「さっきの結論はピントはずれでしたが、死んだ前妻のかわりに夫の清志を代入すれば、論理的な齟齬《そご》は生じない。捜査を誤った方向へ誘導するのが怪電話の目的だったとすると、犯行現場を首吊り自殺に偽装した理由に関しても、同様の作為を疑うべきじゃないですか？」

「まさか。一目で自殺とばれるよう、わざとずさんな偽装工作をしたというのか」

綸太郎がうなずくと、警視は顔をしかめた。

それから立て続けに二回、大きなくしゃみをした。

「いけない。湯冷めして、風邪でも引いたら大変だ。長話をしてすみません。今日はこれぐらいにして、続きは明日の朝にでも」

「馬鹿を言え」親父さんはごしごし鼻をこすって一喝した。「途中で寝られるか。上に何か羽織ってくるから、ちょっと待ってろ」

いったん自分の部屋に引っ込むと、愛用のどてらに袖を通して戻ってくる。綸太郎は湯呑みに

熱いお茶を注いで差し出した。舌を火傷《やけど》しないようちょっとずつ口をつけながら、さっきまでとは別人みたいな命令口調で、

「続けろ」

「さっきお父さんが指摘した通り、共犯者の存在を織り込めば、渡辺清志のアリバイは問題になりません。ただ、見かけ通りの他殺事件だと、真っ先に保険金目当ての代理殺人と見破られる怖れがある。事故死に見せかけようとしても、事情は同じでしょう。渡辺清志はそれを避けるために、犯行を自殺に偽装するよう共犯者に命じて、容疑の圏外へ逃れようとしたんです」

「それはわかる」と警視。「妃名子はうつ病でほとんど外出しないし、智代の死もまだ記憶に新しい。事故に見せかけたらかえって怪しまれると考えて、殺人に踏みきったというのはありだろう。だが自殺に偽装することで、別のリスクが生じないか？　偽装工作が裏目に出て、保険会社に支払い拒否の口実を与えてしまったら、元も子もないぞ」

綸太郎は鼻梁《びりょう》をこすりながら、落ち着き払った声で、

「そうならないように妃名子の通院先へ電話をかけ、おとりのカモを泳がせた――実際に電話をかけたのは共犯者の方だと思いますが、そうするために、鳴瀬紀一の素性を知っている必要はありません。むしろ渡辺清志が望んでいたのは、過去にストーカーに付きまとわれていたという事実がひとり歩きして、その男の正体がわからないまま、事件が迷宮入りすることだったはずです。まさかストーカー本人が名乗り出て、熨斗付きのアリバイを申し立てるとは予想していなか

った」

「鳴瀬に振り回されたのも、無駄骨折りではなかったということか」

まんざらでもなさそうに言ってから、警視はぐっとあごを引き締めて、

「もう一度、渡辺清志の身辺を洗い直す必要がありそうだ。しかし現実問題として、そう都合よく代理殺人を引き受けてくれる相手がいるだろうか？」

綸太郎は笑みを押し殺して、

「――これは単なる思いつきにすぎないんですが、智代をはねたトラックの運転手、金子夏雄といいましたね。彼が今どうしているかわかりませんか」

思案顔でたずねると、警視は目をしばたたかせて、

「そこまではチェックしてないが、執行猶予がついたといっても、仕事は変えざるをえないだろう。かといってこの不景気だと、再就職もままならない……。金子夏雄が妃名子殺しに手を貸した可能性があるというのか？」

「金に困っているとすれば、共犯者候補に打ってつけじゃないでしょうか。金子は遺族に対する負い目を引きずっているだろうし、殺す相手は自殺願望の持ち主で、放っておいても先は長くない。渡辺清志から保険金の山分けを持ちかけられたら、一か八かで第二の妻殺しを引き受けてもおかしくないと思うんです」

「なるほど」と警視は言った。「人、生、は、ワ、ン、・、ツ、ー、・、パ、ン、チ、、か」

6　殺人者と恐喝者

取り扱い方法　●本製品はインクジェットプリンタ専用です。本製品が対応するプリンタ以外に使用しないでください。●本製品を加工したり、乱暴に扱ったりしないでください。●本製品のインクは飲食できません。●本製品のご利用によりアレルギー症状を起こす場合がありますのでご注意ください。

――「互換インクカートリッジ使用上の注意」

「――清志さんですね。芹沢です。今日はわがままを言ってすみません」
「いや、こちらこそ。わざわざお越しいただいて、ありがとうございます」
夢の島は深々とお辞儀して、芹沢沙絵を自宅へ迎え入れた。

日曜日の午後だった。妃名子が死んで、もう二週間になる。

葬儀は身内だけですませたので、会うのは初めてだった。たしか旧姓は藪内《やぶうち》といったはずだ。ついこの間、結婚通知のハガキが届いたのを覚えているが、新婚ほやほやの浮ついた感じはしない。癇《かん》の強そうな顔だちに、弔問《ちょうもん》用の地味な化粧をしているせいか、妃名子と同い年なのに、ずいぶん老けて見える。

本当は会うのも気が進まなかったけれど、一昨日の夜、先方からかかってきた電話で、どうしても霊前にお線香を上げさせてほしいと懇願され、断りきれなかったのだ。高校時代から付き合いのある友人で、生前、妃名子が最後に言葉をかわした相手である。むげに追い払って変に勘繰られでもしたら、かえって面倒なことになりかねない。

「こっちです」

リビングに設けた後飾りの祭壇の前へ案内すると、足下で綿ぼこりが舞い上がった。この半月、ろくに掃除していない部屋を見られても恥ずかしくないのは、妻を殺され、喪失感に打ちひしがれている夫を演じているからである。

遺影に手を合わせた後、芹沢は香典《こうでん》の包みを差し出した。

「いや、こうして来ていただいただけで十分です。お気持ちだけありがたく頂戴しますので、どうぞお収めください」

前橋からだと、往復の電車賃だけでも馬鹿にならない。丁重に辞退すると、相手はためらうそぶりをしながら包みをしまった。気のせいだろうか、それが形だけの心のこもらないしぐさに見えて、夢の島はふと違和感を覚えた。

向こうもそれと察したらしい。急に思い出したように、ぎこちない手つきで鞄の中を探ると、一通の封書を取り出して、

「妃名子からもらった結婚祝いの手紙です。清志さんのことも書いてあります。読んでもらおうと思って、持ってきました」

「どうもご親切に。拝見します」

封筒から慣れない匂いがするのは、芹沢の化粧品の香料が移ったせいだろう。夢の島は便箋《びんせん》を引っぱり出して、おそるおそる広げた。妃名子の字で便箋が埋まっているのを見たとたん、鼻の奥がつんとして、思わず目頭を押さえる。

またあの臭いだった。

ちぢれ毛の老人の口臭だ。ありもしない幻嗅《げんきゅう》とわかっているのに、正露丸みたいな味が口中に広がってむせそうになる。イクル君の伯父を殺した夜から、ずっと付きまとって離れない。罪の意識に苛まれていることを認めたくはなかったけれど、妃名子の死後、症状はますますひどくなっていた。

「あの、大丈夫ですか」

「——線香の煙が目に入って」夢の島は言いつくろった。「すみません。気持ちが高ぶって、と

ても読めそうにない。この手紙、しばらくお預かりしてもいいですか」

「そうしてください。わたしは全然かまいませんから」

涙ぐんでいるのを、哀惜《あいせき》の念からと誤解したようだ。夢の島は頭を下げると、便箋をたたんで封筒に戻し、祭壇に置いた。口の中の不快な味はまだ消えない。

「お茶でもいれましょう」

立ち上がりかけた夢の島を、どうぞおかまいなく、と芹沢が引き止めて、

「妃名子を殺した犯人はまだ捕まらないんですか？　ＴＶではストーカーの犯行だと言ってましたが、ここ何日かは全然ニュースに出なくなって」

その話題は避けて通れない。夢の島は坐り直してから、かぶりを振って、

「警察の調べで、鳴瀬という変質者に付きまとわれていたことがわかったんですが、その男にはしっかりしたアリバイがあるというんです」

「アリバイ？」

夢の島は苦りきったため息をついて、担当の刑事から聞いた話を伝えた。容疑者の無実が証明されて、がっかりしていることを隠す必要はなかった。被害者の遺族としては、それが当たり前の反応なのだから。よもや正体不明のストーカーに罪をなすりつける目論見が、空振りに終わったせいだとは思うまい。

「じゃあ、真犯人がほかにいるということですか？」

色めき立った芹沢の問いに、夢の島は肩をすくめ、

「わかりません。警察も捜査に行き詰まってるみたいで、新しい情報は何も」

「――もしかしたら、そのせいかしら」

妙にそわそわしながら、芹沢がつぶやく。何か心当たりでも、とたずねると、

「実は何日か前、こういう人が訪ねてきたんです」

また鞄の中を手探りして、今度は一枚の名刺をよこした。知らない名前だったが、保険調査会社の調査員という肩書きには見覚えがある。

「妃名子の生命保険を扱っている会社の下請けですね。うちにも同じところから、別の人が来ましたが。何か聞かれたんですか」

「事件の日、妃名子と電話で話していて、おかしな様子に気づかなかったかと」

「おかしな様子って、どういう意味ですか?」

「自殺しそうな気配がなかったかどうか、根掘り葉掘り質問されました」

「だけど、そんな様子はなかったんでしょう」つい詰問口調になっていた。「立ち入った話はしなかったけれど、妃名子はわりと元気そうで、もちろん自殺を匂わせる発言もなかったと、担当の刑事さんからうかがいました」

「その人にもそう答えましたよ。でも、向こうはそれで納得しないで、何度も同じことばかり聞くんです。どんなささいなことでもかまわない、何か思い出したことがあれば、いつでもこの番

号に連絡してほしいと言って――」

「あこぎなことを。家族を失った者の痛みがわからないのか」

夢の島は歯ぎしりした。苛立ちが募り、こぶしを膝にたたきつけた拍子に、調査員の名刺を握りつぶしそうになる。それでも頭の半分で、芹沢の存在を意識していた。

この女に当たっても、得るところはない。保険会社の甘言に惑わされないよう、情に訴えて、味方につけておくことが肝心だ。夢の島は目を伏せ、間合いを計るように息を吸ってから、あらためて芹沢の目を見つめて、

「妃名子の病気はよくなっていたんです。自殺なんてするわけがない。人殺しの手にかかって大切な命を奪われ、警察も他殺と断定しているのに。それでも保険会社の連中は、陰でこそこそ嗅ぎ回って自分たちに都合のいい証拠をでっち上げ、妃名子の命の価値をゼロにしようとしている。そんな真似が許されると思いますか」

けげんそうな顔をする芹沢に、夢の島は事情を説明した。生命保険に加入する際、病歴の告知をしていなかったので、万一うつ病による自殺と認定されれば、保険金が支払われなくなってしまう。

「告知を怠ったのは、たしかにこちらの落ち度です。しかし、悪意でそうしたわけではないし、そもそも今度の事件とは何の関わりもない。何度でも言いますが、妃名子は快方に向かっていて、急に自殺するはずがないんです」

「本当にそうでしょうか」いきなり芹沢が口をはさんだ。「うつ病の患者は、回復期の方が自殺のリスクが高いと聞いたことがあります」

「えっ？」

思いがけない反論に、夢の島はうろたえて、

「いや、そういう問題ではなくて。妃名子は殺されたことが証明されている。担当の刑事さんが断言したんです。犯人が罪を逃れるために遺体に手を加えただけで、顔の鬱血やロープ痕を見れば、自殺でないことは一目瞭然だと。私もなきがらと対面して、自分の目でたしかめた。刑事さんの言う通り、首吊り自殺ではああいうふうにならないんです」

「首吊りならそうでしょう。でも自分で自分の首を絞めて、自殺する人もいます」

「自分で自分の首を？」

芹沢は真顔でうなずいた。目つきが暗くなっている。どうして急にそんな突飛なことを言い出したのか、夢の島は相手の真意をはかりかねて、

「それは無理でしょう。自分で首を絞めたって、即死するわけじゃない。意識を失った時点で腕の力が抜けて、それ以上絞め続けられなくなるんですから」

「普通なら無理です。だけど、やってやれないことはありません」

やけに自信ありげな口ぶりだった。芹沢の目つきが暗さを増し、ねっとりと底光りするような色がにじみ出てくる。胸がざわつくのを感じたが、女の目に魅入られたようになって、不謹慎な

物言いをとがめることができなかった。

「――自分で絞めて死ぬから、自絞死というんです」

女は襟元を広げ、顔をのけぞらせた。静脈の浮き出たのどがあらわになる。

「首に巻きつけたロープをのどのところでしっかり結んで、結び目にアルミのつっぱり棒か、モップの柄みたいなものを通します。棒の両端を握って、ゼンマイを巻くようにロープをねじっていく。十分に回しきったところで、元に戻らないよう棒を固定しておけば、意識を失っても気管を締めつける力はそのまま、じきに窒息死します。首を吊るのとちがって、頸動脈は完全にふさがらないし、ロープの痕も水平で、見かけは首を絞めて殺されるのと変わらない。後から棒を片付けてしまえば、他殺と区別がつきません」

「やめてください。妃名子の霊前だ」

かろうじて声を絞り出し、自演を制止した。

芹沢は遺影にちらっと目をやり、悪びれたふうもなく襟を直す。いきり立って聞こえないよう、夢の島はそっけないしゃがれ声で、

「自絞死と言いましたね。そういう死に方は可能かもしれません。だが、妃名子がそんな特殊なやり方を知っているわけがない」

「知ってました」

「知っていた？　どうして」

「わたしの兄がそうやって自殺したんです」女の目がぎらついた。「その話は妃名子にも――だからその気になれば、同じようにできたはずです」

夢の島は息を呑んだ。

妃名子の遺影に目が行く。そうだ、たしかにそんなことを言っていた。お兄さんがあたしと同じ病気で自殺して、沙絵の縁談が流れたことがある、と。

夢の島は動揺した。あやうく芹沢の話を真に受けそうになる。


だが、そんなはずはない。

スペードの女王の札が脳裏をよぎり、夢の島はわれに返った。

何も動じることはない。妃名子の死に方は、カラオケボックスで打ち合わせた手はず通りだった。保険金目当ての代理殺人と悟られないよう首吊り自殺に偽装し、任務完了の合図に携帯で捏造メールを送ってくれと頼んだのも、夢の島自身なのだから。

同志とのやりとりを思い返しながら、きっぱり首を横に振って、

「いや、芹沢さん。あなたの言うことは筋ちがいだ。妃名子の遺体は、死んだ後に手を加えられていたんです。おまけに出せるはずのないメールまで。自殺した人間にそんな器用なことはできません」

「できますよ。自殺支援ネットワークというのをご存じないですか？　世間体や遺族のことを考

えて、自殺したことを知られたくない。そんな人のために、死んでからこっそり後始末をしてくれるボランティア組織があるそうです。そういうところに頼んでおけば、他殺として処理されるように、手を加えてくれるんじゃないかしら」

都市伝説まがいの返事で、一気に説得力がなくなった。

向こうも本気ではないのだろう。保険金殺人の筋書きまで見抜かれているとは思わないが、何か思惑があって、わざと白々しい嘘を口にしているにちがいない。

夢の島は警戒しながら、口だけは丁寧に、

「そういう目的ならなおさら、首吊り自殺に見せかけたりしないでしょう」

「わかりませんよ。何か手ちがいがあったのかもしれないし」

「馬鹿馬鹿しい。今の話を保険の調査員にもしたんじゃないでしょうね」

「まさか。だって、妃名子は殺されたんでしょう?」

しれっとした態度で言う。夢の島が顔をしかめると、芹沢は続けて、

「でも、わたしが兄の自殺について話したら、保険会社は目の色を変えるでしょうね。兄さんがどうやって死んだか、調べればすぐにわかることだから。妃名子が電話でおかしなことを口走ったとあらためて証言すれば、他殺の判定だって覆るかもしれないし。調査協力費という名目で、なにがしかの謝礼が出るんじゃないかしら」

「嘘の証言で謝礼をもらえば詐欺になる」夢の島は釘を刺した。「そんなことは言わなかったと、

さっきあなた自身が話してくれたはずですが」

「ええ、もちろん。妃名子は自殺を匂わせたりしなかった……。だけど、本当のことを知っているのは、わたしだけだということもお忘れなく。そのことを前提に、清志さん、ひとつお願いがあるんです。さっき預けた妃名子からの手紙、それを買い取ってくれませんか？　値段はそう、大負けに負けて二十万でどうかしら。大切な形見の手紙なんだから、ちっとも高くはないと思うんですけど」

そういうことか。夢の島は身じろぎもせず、静かに息を吐いて、

「あんたは俺を脅そうとしてるんだな」

「そんな大それたことじゃない」本気でそう信じているような口ぶりだった。「ただうちも新婚で、新居のローンとかいろいろ物入りなの。この家もそうなんですってね。妃名子のことはかわいそうだと思うけど、生き残った方だって大変なのよ。生活していくためには、先立つものが欠かせないから。そんなことはお互いさまで、言わなくてもわかるでしょう？　つつがなく保険が下りると思えば、二十万ぽっち端金じゃないの。妃名子の思い出のために、それぐらい出してあげなさいよ」

あまりの図々しさに、あきれてものが言えなかった。こんな友だちしかいなかったかと思うと、あらためて妻が不憫になる。妃名子の死から金銭的な利益を得ようとしている以上、自分も芹沢の同類なのだが、こういう卑しさと一緒にされたくない。

女の本性を目の当たりにして、夢の島はむしろ安堵した。今日の言動を見る限り、目の前にいる男が妃名子殺しに関与しているとは、これっぽっちも思っていない。もし少しでも夫の犯行を疑っていれば、たったひとり、無防備な状態でこの家を訪れたりはしないだろう。本当に手軽なアルバイト感覚なのだ。

この女にできるのは、妃名子の自殺の可能性をほのめかして、保険金の支払いを滞らせることだけである。厄介なのはたしかだが、口を封じなければならないほど、致命的な弱みを握られたわけではない。しかも、それが事実でないことを本人も認めている。強気に出すぎれば、かえって自分の立場が危うくなるのは承知のうえだろう。

だったらしばらくの間、好きなように泳がせてやればいい。

「今すぐは払えないが。これ一度きりと約束してくれるなら」

おもむろに告げると、芹沢の表情がほぐれた。

その日、女が初めて見せた笑みだった。

「これっきり、もう二度と顔を見せないと約束するわ」恩着せがましく請け合って、銀行の口座番号を記したメモをよこす。「手紙の代金はここに振り込んで。あんまりぐずぐずしないでね。わたしもこう見えて、そんなに気が長い方じゃないから」

§

その夜、夢の島はいらなくなった本を整理した。

どれもうつ病関連のマニュアルや闘病記で、この半年の間に買い集めたものばかりだった。段ボールに詰めると、まだ少し空きがあるので、妃名子のお気に入りだったアリの巣観察キットを放り込む。ケースの中のアリたちはとうに全滅して、干からびていた。

箱の蓋を閉じる前に、ふと思い出して自室へ向かう。名刺ホルダーを開き、二枚のエースを収めたリーフをはずして、段ボールに入れた。

自分のノルマは果たし、妃名子も死んだ。契約が終了したのだから、「プロジェクト」のお守りを後生大事に手元に置いておく必要はない。

段ボールを車に積んで、エンジンをかける。

車を走らせた先は、いつかの夜とは逆方向だった。狛江通りを南下して、市の南部を東西にまっすぐ横切る水道道路を世田谷方面へ。水道局の砧《きぬた》浄水場の手前で右折し、狛江市内のマンション風ビルの駐車場に車を停める。

不動産業者が経営するトランクルームの建物だ。野ざらしの屋外コンテナではなく、ビルインタイプ。二十四時間出し入れ自由、空調とセキュリティ完備が売り文句のレンタル収納スペースである。

夢の島は車から荷物を下ろし、入口まで運んだ。契約時に渡されたカードキーをリーダーに通して、オートロックと警報装置を解除する。新宿駅のキーレスロッカーで、イクル君からの贈り物を受け取った日のことを思い出しながら、ホールに用意された台車に荷物を載せ、エレベーターで目的の階に昇った。

エレベーターの扉が開くと、無人の廊下に灯りがつき、監視カメラが作動する。建物への出入りはもちろん、共用スペースでの行動もすべて記録に残るが、後で気を揉む必要はない。わざわざいらなくなった本を持ってきたのは、そのためだ。

廊下の中ほどにある個室の鍵を開け、室内灯をつける。台車は廊下に残し、荷物を抱えて中へ入った。扉を閉めれば、監視の目は届かない。

一畳ほどのスペースに、積み重ねた段ボールの山。

すべて最初の妻の遺品だった。

妃名子と暮らし始めて、家に置いておけなくなった品である。智代の実家の両親はマンション住まいで、娘の荷物を引き取る余裕がない。妃名子はさっさと処分したがっていたけれど、まだ事故の衝撃から日も浅く、神経が参っていた時期で、夢の島はなかなか踏ん切りがつかなかった。せめて一周忌が明けるまで、と未練がましいことを言って、市内のトランクルームを借りることにしたのである。

たった一畳ほどのスペースに、月額一万円あまり。割高なレンタル料は、智代の両親と折半することで話がついた。向こうも妃名子とのことはうすうす察していたはずだが、背に腹は代えられなかったのだろう。再婚後も送金は途切れなかった。FXと保険解約の件で、少しは負い目を感じていたのかもしれない。

本を詰めた段ボールを空いたところに押し込んでから、仕切り壁と段ボールの狭い隙間に体をねじ込んで、奥の山を上から崩しにかかった。印をつけた段ボールにたどり着き、横向きの不自然な姿勢のまま、粘着テープをはがして箱を開ける。詰め込んだ衣類を片手でかき分け、箱の底の包みを探り当てた。

一月ほど前、そこに隠した包みだった。

中には百万円の札束が四つ——安斎秋則の家の天井裏で見つけた金だ。

強盗殺人で手に入れた危ない金に、すぐ手をつけるつもりはなかった。たとえ足がつかなくても、妃名子の死と前後して急に金回りがよくなれば、怪しまれるに決まっている。保険が下りるまで寝かせておくとして、問題は保管場所だった。

自宅に隠すのは問題外だ。妃名子が死ねば、現場検証で警察が家に出入りする。杞憂かもしれないが、何かのまちがいで四百万の現金が見つかったら、厄介なことになりそうな気がした。かといって、人里離れた山中に埋めるというのも気が進まない。ふだんの生活圏内で、危ない金を安全に隠しておけそうな場所は、ここしか思いつかなかった。

現金や貴重品の保管は契約で禁止されているけれど、黙っていればわかりっこない。セキュリティは充実しているし、屋外コンテナタイプとちがって、荷物の出し入れに従業員の手を借りなくてもよかった。智代の一周忌が明けても荷物を放置していたのは、妃名子がうつ病を発症し、遺品の整理どころではなくなったせいで、深い考えがあったわけではない。まさかそれが、こんな形で役に立つとは……。

夢の島は包みの中から、札束をひとつ抜き出した。帯封をちぎって、急いで枚数をかぞえ、二十万円分だけ抜き取る。残りを輪ゴムで留めると、また手探りで包みの中に戻した。

またあの臭いがした。

息を止め、なるべく空気を吸わないようにしていたのに、狭いトランクルームに正露丸みたいな臭いが充満して、酸っぱいものがこみ上げる。昼間感じた臭いより強烈だった。盗んだ金に手を触れたせいで、アレルギーでも起こしているような激しさだ。夢の島は思わず顔をそむけ、口だけであえぐように呼吸した。

抜き取った紙幣を札入れにねじ込んでも、幻嗅は治まらない。何度もえずきながら、はみ出た衣類を押し込んで箱の蓋を閉じ、どうにか粘着テープを貼り直す。崩した段ボールの山を元通りに片付けると、汗びっしょりになっていた。

できればこんなものは、手元に置いておきたくない。価値のないものなら、犯行の夜に身につけたジョギングウェアや靴と一緒に、さっさと処分していただろう。それでもやはり金は金、どれだけ汚れていても、使わずに手放すのは惜しい。今はまだ時期尚早だとしても、いずれ時間がたてば罪の意識も薄れて、平気で触れるようになるはずだ。

それがいつになるかわからない。

だが、ひとつだけ確かなことがある。

夢の島はひとしきり呼吸を整えてから、個室の外へ出た。扉に施錠すると、空になった台車を押して、エレベーターの方へ戻る。不快な味はまだ口の中に残っていたが、さっきほど苦にならなくなっていた。

芹沢沙絵のような女を厄介払いするには、汚れた金がふさわしい。

第三部

7　不測の事態

ニッキイ　わかったわよ。では、教えてちょうだい――あの人は何を探して走っているのかしら？
エラリー　データが足りないな。ほら、彼は走って通りをまた横切って――
ニッキイ　（あわてて）エラリー！　車が！
エラリー　（どなりつける）気をつけろ、そこの間抜け！　車に轢かれるぞ！　止まれ！
――エラリー・クイーン「〈生き残りクラブ《ラストマン》〉の冒険」

それは文字通り、寝耳に水の知らせだった。
後に法月警視は一連の出来事を振り返って、「事件が本当に動き出したのは、あの時からだ」

と述べている。月並みな因果応報説を持ち出すかどうかは別として、その点に関しては、綸太郎もまったく同感だった。

偶然の恩恵にあずからなければ、データ不足で推理を働かせる余地もなく、事件は迷宮入りしていただろう。被害者たちはそれぞれ孤立した点にすぎず、ひとつながりの線で結ばれた星座的配置の一部であることは見逃されていたにちがいない。

とはいえ、最初にその報に接した時、捜査に携わる者たちはだれひとりとして、「いいニュース」だとは思わなかった。

どう見てもそれは「最悪のニュース」だったからである。

§

十一月十五日月曜日。午後一時。

第一報を聞いた法月警視は、ただちに車を用意させ、調布警察署の捜査本部から事故現場の四谷方面へ急行した。移動中にまた連絡が入り、負傷者の搬送先を告げる。

西新宿のT医科大学病院。

話のできる状態だといいのだが、楽観はできない。最悪の事態も想定しながら、新宿ランプで首都高速を下り、ヒルトンホテル側から病院の敷地へ。本館入口に車をつけさせ、自分だけ先に降りると、警察手帳をかざして救命救急センターに直行する。

集中治療室の外で、一課の仲代《なかだい》刑事が待機していた。

「容態は?」

「助かるかどうか。ここに運ばれた時点で、心肺停止状態でした」

心許ない仲代の返事に、警視は小声で悪態をついてから、

「目の前でトラックにはねられたんだって?」

「パニック状態で、銀行の支店から新宿通りへ飛び出したんです。横断歩道のないところで、急ブレーキも間に合わず……。運転手を責めることはできません」

はねたのはコンビニ配送のトラックで、仲代はその場で運転手の身柄を確保、消防と警察に緊急出動を要請した。負傷者のダメージは深刻だった。駆けつけた四谷署の交通課員に事故処理を任せ、救急車に同乗してきたけれど、頭を強打してすでに意識がなく、車中で呼びかけてもまったく応答がなかったという。

「まずいことになったな。どうにか止めようがなかったのか」

「面目ありません」仲代は頭を下げた。「あんまり急で制止する暇もありませんでした。歩道のガードパイプを乗り越えて、そのまま車道に突っ込んでいったんです」

自殺行為としか思えない。警視は小鼻をふくらませて、

「どうしてそんな無茶を? 尾行に勘づかれたのか」

「いや、気づかれてはいません。その前から挙動がおかしかったんですが、ＡＴＭコーナーの警備員に呼び止められて——」

集中治療室に動きがあり、詳しい報告を聞くのは後にした。息を詰めて待っていると、蘇生処置に当たっていたドクターが廊下に出てくる。辛抱強い犀のような目をした四十代の男性医で、言葉を発するまでに若干のためらいがあった。

「ご家族か、同僚の方ですか？」

警視はかぶりを振って、警察手帳を示した。救命医はマスクをずり下げながら、ほんの少しだけ気が楽になったような表情で、

「今しがた死亡を確認しました。多発外傷性ショックによる即死です」

仲代が声にならないうめきを洩らす。万事休すだった。

「うわごとで、何か言い残したりしませんでしたか」

「何も。すでにそういう段階ではありませんでした」

そう告げると一礼して、足早にその場を去っていく。医師の背中を見送りながら、法月警視はため息をついて、

「手の届かないところへ行ってしまったな。死んだ女房に呼ばれたか」

「妃名子殺しの報い、という意味ですか？」

「いや、最初の女房のことだ」と警視は言った。「渡辺智代もトラックにはねられて死んだ。迷

信じみたことは言いたくないが、こういう死に方をされるとな」

せがれの鼻歌ではないけれど、ワン・ツー・パンチというやつだ。

KOされたのは、車にひかれた当人だけではない。捜査本部にとっても、鳴瀬紀一に次いで二番目の、致命的な失点になる。

保険金目当ての代理殺人に捜査方針を切り替え、身辺調査に着手してから一週間——先妻の智代をはねた元トラック運転手、金子夏雄の所在を突き止め、アリバイを確認したところ、事件とは無関係とわかった。事故後、妻子を実家に帰らせ、岐阜の自動車工場で寮付き期間工の職に就いた金子は、渡辺妃名子が殺害された当日も、日が暮れるまで車体の製造ラインに張りついていたのである。智代の命日に上京して人知れず墓参りしていたようだが、公判以来、遺族とは一度も顔を合わせてないという。

綸太郎の思いつきが当てにならないのは、いつものことだ。

だからといって、代理殺人の可能性そのものが否定されたわけではない。妻の殺害を引き受けた共犯者を割り出すべく、狛江市の自宅と本人の監視を継続中だった。向こうも警戒しているはずだから、そう簡単に尻尾を出しはしないだろう。長丁場になることを覚悟していたが、よもや捜査員の目の前で、あっけなく死んでしまうとは……。

集中治療室から出てきたストレッチャーを通すため、二人は脇にどいた。

載っているのは、渡辺清志の遺体だった。

任意聴取した重要参考人が自殺、もしくはそれに類する状況で急死し、被疑者死亡という形で、捜査が打ち切られることは珍しくない。

だが、今回のケースは別だった。首謀者と目される人物が死んでも、渡辺妃名子を殺害した実行犯は野放しになっている。未詳の共犯者にたどり着く手がかりを得るため、渡辺清志を無謀な行為に駆り立てた理由を突き止めなければならない。

法月警視はあらためて尾行の経緯を聞いた。渡辺は忌引の明けた先週末から、会社に出勤していた。週明けの今日も定時に出社、昼の休憩時間に四谷の本社オフィスを出て、最寄りの銀行に立ち寄ったという。

「現金を引き出しにいったのか」

「最初はそう思いましたが、振り込みが目的だったようです」と仲代。「自動支払機をはずして、わざわざ行列のできているATMの前に並んだので」

尾行に気づかれないよう間合いを取って、仲代は列の後ろから監視を続けた。順番が来ると、渡辺は財布から紙幣を取り出し、枚数をかぞえた。タッチパネルの操作内容は視認できなかったが、そこで何らかのアクシデントが生じたらしい。

「アクシデント？」

「何度か操作をやり直した後、いきなり背中が硬直して、びくついたようにあたりを見回したんです。何があったかわかりませんが、機械の前でモタモタしていたうえに、目立つ動きだったので、フロア担当の警備員が渡辺に声をかけました」

ATM利用客への声かけは、振り込め詐欺被害の防止策として日常的に行われている。大騒ぎすることではないのに、渡辺の狼狽《ろうばい》は度を越していた。急に向きを変えてATMから離れ、その際真後ろに並んでいた高齢の女性客とぶつかって、相手を突き飛ばす。

よろけた老女の体を受け止めたせいで、仲代は遅れを取った。血相を変えた渡辺は、警備員の制止を振りきって、そのままATMコーナーから外へ飛び出したという。

「――出遅れたのは仕方がないが、解せないな」

警視は眉間にしわを寄せ、頭の中で場面を再構成した。無理を承知で車道を横切ろうとしたことといい、まるで犯行現場を目撃されたような逃げ方ではないか。

「まさにそんな感じです。でも、こっちの尾行には勘づいていなかった。ATMを操作するまでは、ごく普通の様子だったんですが……」

記憶の細部を確認するように、仲代は頭をめぐらせた。どうしていきなり逃走を図ったのか、まったく思い当たるふしがないという。尾行の不手際を取りつくろっているわけではなかった。

警視は仲代の肩をポンとたたいて、

「持ち物を調べてみよう。何か手がかりがあるかもしれない」

警視は与えられた権限をフルに活用した。センター長の許可を得て、大学病院の管理職員立ち会いのもと、事故死者の着衣と所持品をあらためる。

仲代が背広のポケットを探り、丸めて突っ込んだような紙つぶてを引っぱり出した。裏地に生乾きの血がしみ込んでいたが、ポケットの中はきれいだった。慎重に紙つぶてを広げると、ボールペンの手書きメモが記されている。

「普通預金の口座番号ですね。R銀行の前橋支店」

「前橋？　口座の名義人は」

「〈セリザワサエ〉とあります」

仲代の声が活気づいた。既知の人名だから、興奮するのは当然だ。芹沢沙絵は被害者の地元の同級生で、殺害当日、電話で話していた相手である。

それだけではない。狛江市の渡辺宅の張り込み班から、昨日の午後、彼女が弔問に訪れたという報告を受けている。妃名子の葬儀に参列していないので、落ち着いたところを見はからって、旧友の焼香に出向くこと自体は自然なふるまいだが……。

メモを確認しながら、法月警視は目をぎょろっとさせて、

「昨日、弔問のついでにこれを渡したということか」

「でしょうね。かといって、香典返しのわけはない。弔問というのは表向きの口実で、金をせびるのが目的だったのでは？」

「口止め料か？　何か弱みでも握られていたのかな」

警視が首をかしげると、仲代は気負いの目立つ表情で、

「殺しの報酬かもしれません。渡辺の共犯者という可能性も――」

「いや、それは無理だ」と警視は言った。「芹沢沙絵は殺害時刻、前橋の自宅にいた。狛江市での犯行は不可能だ。通話記録で、アリバイの確認も取れている。だいいち彼女が渡辺と共謀していたなら、報酬の受け渡し方法も事前に相談して決めていたはずだ。わざわざ自宅にやってきて、振り込み先のメモを渡したりはしないよ」

「それはそうですが、渡辺が泡を食って逃げ出したのも事実です。まったく無関係ってことはないでしょう。芹沢沙絵をしょっぴいて、締め上げた方が」

「まだ結論を出すのは早い。財布の中味は？」

失地回復を急ぐあまり、判断がルーズになっているのを暗にたしなめる。仲代はその意を汲んだように、黒革の財布に手を伸ばした。

「けっこう詰まってますね。だけど、旧札ばかりだな。ん？」

財布の中の一万円札を数えながら、急に息を呑んだ。自分の目を疑うようなただならぬ表情で、抜き出した紙幣をもう一度最初から一枚ずつめくっていく。手袋のせいで指先がすべるのがもどかしそうだ。

「どうかしたか」

警視がたずねると、仲代はまごつきを隠せない、うわずった声で、

「見てください。これもこれもこれも……全部、紙幣番号が同じです」

「――何だと？」

仲代の目に狂いはなかった。カラーコピーされたニセ一万円札が二十枚。ぱっと見は本物そっくりだが、すべて番号が同じで、偽造の精度も低い。証拠保全用の手袋をしていなければ、紙の質感で怪しいとわかるレベルだ。

どうしてそんな物騒なものを所持していたのか、理由は判然としないけれど、渡辺清志が何らかの犯罪に関与していたことは疑う余地がない。裁判所の令状がなくても、彼の所持品はまるごと全部、その場で押収することができる。

「不幸中の幸いというやつですね」仲代がしたり顔で言った。「携帯電話のデータを解析すれば、共犯者の目星がつきますよ」

「だといいんだが」警視は眉を曇らせた。

棚ぼた式の収穫に仲代ほど楽観的になれないのは、ニセ札の発見があまりにも唐突で、妃名子殺しとの関連性がさっぱりつかめないからだ。市中に出回っている偽造紙幣の番号はあらかた頭に入っているが、そのどれとも一致しない。被疑者が急死したうえに、新たな難題をふっかけられたようで、捜査の先行きが思いやられる。

「とりあえず、四谷の銀行に行ってみよう。警備員の話を聞いてみたい」

新宿通りの事故現場では、交通課の検証が一段落して、事故車両の撤去作業が行われているところだった。TV局の取材クルーが何組か、機材の片付けに取りかかっていたが、目ざとい報道記者が車から降りた法月警視の姿に気づいたらしい。鼻先に人参をぶら下げられた馬のような勢いで、こちらへ猛ダッシュしてくる。

「狛江市で起きた殺人事件の被害者の夫が、トラックにはねられたそうですね。目撃者の話だと、誰かに追われていたみたいですが、狛江市の事件との関係は？」

「ノーコメント」

記者の問いをはねつけ、銀行の店舗へ急いだ。

どこから渡辺の情報が漏れたのか、マスコミの食いつきが早すぎる。そう思ったとたん、自動ドアの前で仲代刑事に呼び止められた。歩道にたたずんでいる通行人のひとりへ肩ごしの視線を送りながら、周りに聞かれない声で警視に告げる。

「——あの男、事故の前にもここで見かけました。尾行しますか」

型くずれしたスーツを着た、小太りで頭の薄い中年男がこちらの視線を避けるように、さりげなく踵《きびす》を返すのが目に入った。警視はフンと鼻を鳴らして、

「追わなくていい。素性は知れてる」

「何者ですか？」

「保険の調査員だ」自動ドアを通り抜けてから、警視は答えた。「渡辺妃名子の検視検案に疑問

があるといって、捜査本部に乗り込んできた。他殺と判断した根拠を説明して丁重にお引き取り願ったが、あれからずっとしつこく嗅ぎ回っていたんだな」

「渡辺に張りついていたということですか」と仲代。「気づかなかった」

「保険会社が支払いを渋って、腕利きを送り込んだんだろう。どうもマスコミの反応が早すぎると思ったら、案の定だ」

「やつが事故情報をリークしたと?」

「たぶんな。向こうも手詰まりで、揺さぶりをかけるのが狙いだと思うんだが」

「余計なことをしてくれますね。でも、肝心の受取人が死んでしまった以上、妙な小細工をしなくても、保険金の支払いはうやむやにできるのでは?」

「渡辺が死んだことを知らないのさ」警視は冷ややかに言った。「こっちの動きをどこまでつかんでいるかわからないが、うろちょろされると迷惑だ」

「しっかり釘を刺しておく必要がありますね」

「まあ、それは後でいい。警備員はどこだ?」

フロアの警備担当者は、山路《やまじ》という五十がらみの男だった。大手警備会社から派遣された経験豊富なベテランで、窓口を訪れる客だけでなく、ATMコーナーの人の出入りにも常時目を光らせている。山路警備員の話は、仲代の報告とほとんど同じだった。

それでも新しい情報がゼロだったわけではない。山路の印象では、機械にはじかれるまで、渡辺は持参した紙幣がニセ札であることに気づいていなかったようだ。全額戻ってきた紙幣をそろえ直している途中、突然顔色が変わり、不審を感じた山路が声をかける寸前、あたふたした手つきで財布に戻したという。

銀行の防犯カメラをチェックして、警備員の観察の正しさが裏付けられた。さっきの仲代と同じように、紙幣番号を見比べて狼狽する様子が写っていたからだ。タッチパネルを押す指の動きから、振り込み先が芹沢沙絵の口座であることも確認できた。

「――これで渡辺が逃走を図った直接の理由は突き止めた」

防犯カメラの画像を押収する手配をすませて、警視は状況を整理した。

「警備員の制止を振りきって、表の車道に飛び出したのは、偽造通貨行使罪の現行犯で逮捕されることを怖れたからだろう。現にニセ札を所持している以上、取り押さえられたら言い逃れはできないからな……。だが、これだけでは何の説明にもなってない。解明しなければならない問題が山ほどある。渡辺はいつ、どこでこの金を手に入れたのか？　実際にそれを使う段まで、どうしてそれがニセ札だと気づかなかったのか？　だまされて受け取った金なら、なぜそのことを正直に明かして、身の潔白を主張しなかったのか？　肝心の妻殺しとの関連性も含めて、何もかもわからないことだらけだ」

「後ろ暗い方法で手に入れたからですよ」と仲代が決めつける。「妃名子殺しの共犯者から受け取った可能性もある。金の出所を明かしたら、一巻の終わりじゃないですか」

警視はにべもなく首を横に振って、

「それでは話があべこべだ。代理殺人を依頼した相手に、まとまった現金を渡すのならわかる。しかし、実行犯が渡辺に金を払う理由はない」

仲代は肩をすくめるようなしぐさをしたが、きびきびした前向きな口調で、

「いずれにせよ、ニセ札事件のデータベースを照会すれば、入手経路が割り出せるはずです。金の出所をたどっていけば、いずれ共犯者に行き着きますよ」

仲代刑事の希望的観測は、その日のうちに壁にぶち当たった。携帯のメールと発着信履歴に疑わしい記録は残っていなかったし、警察庁のデータベースにも、該当する番号の偽造紙幣が登録されていなかったのである。

8　大当たり《ジャックポット》

ただひとつ警察が不審がっていたのは、彼女のそばに遺書の代わりのように置かれていた一枚のカードだった。

「スペードのジャックですよ。あなたたちと遊んでいたなかから、一枚持ってきたんでしょうね。それには彼女以外の指紋もついていたんですが、先程調べさせていただいた結果では、戸川さんのものと分かりました」

――竹本健治『トランプ殺人事件』

あくる火曜日の夜。

午後十時過ぎに帰宅した法月警視は、今朝の出勤前とはまるで別人のように上機嫌な様子だった。渡辺清志の急死からまる一日たって、捜査に劇的な進展があり、午後からずっと対応に追われていたという。

「劇的な進展？　ニセ札の出所がわかったんですか」

綸太郎は自分の仕事もそっちのけで、父親の仕事の続報に飛びついた。

昨日から狛江市の事件がおかしな動きを見せ始め、外野の綸太郎も目を離せなくなっている。

ここだけの話、書斎にこもって原稿を書こうとしても、集中力が途切れがちで、今日一日さっぱり仕事にならなかったのだ。

「まあな」と警視。「たぶん、おまえの想像を超えてるぞ。元トラック運転手がどうとかいう見当はずれの思いつきなんか、いっぺんに霞んでしまうぐらい」

「――ということは、殺人を請け負った共犯者の目星も？」

皮肉を聞き流して、綸太郎は先を促した。親父さんはにんまりしながら、

「そうせっつくなよ。着替えてくるから、そこで待ってろ」

自室に引っ込んだ父親を待つこと数分。くつろいだ部屋着姿で戻ってくると、キッチンの冷蔵庫の扉を開け、両手に缶ビールを持ってテーブルの向かいに腰を下ろした。こっちへ一本よこし、いそいそと自分のプルトップを開けて、

「祝杯を挙げるにはまだ早いが……。とにかく前祝いだ」

よっぽど前途を祝したいらしい。昨晩のへこみ方とは雲泥の差だった。綸太郎は乾杯のポーズ

に付き合って、引っかける程度に口をつけてから、

「いったいどんな魔法を使ったんです？　警察庁のデータベースにも登録されてない、無印のニセ札の出所をたった一日で突き止めるなんて」

「まあ待て。そうせっつくなと言ったばかりだろう」

唇についたビールの泡を舐め取りながら、警視はじらすような口調で、

「今日一日でいろんなことがわかった。必要なことから順を追って話す」

「はいはい。せいぜい手短に頼みますよ」

返事のかわりに、警視はげっぷをして、

「まず午前中に前橋へ派遣した捜査員の報告からだ。渡辺清志が所持していたメモについて、芹沢沙絵に事情を聴いたところ、おとといの日曜日、渡辺の家を訪れた際に、口座のメモを渡したことを認めた。ただし、それが目的で会いにいったわけではないという」

「じゃあ、どうして？」

「焼香の後、妃名子からもらった手紙を見せたら、妻の形見の品として譲ってほしい、代金ならいくらでも払うと懇願された。お金なんていりませんと固辞したけれど、向こうもただでは受け取れないと言い張って、押し問答みたいになったそうだ。渡辺とはその日が初対面で、どういう性格か知らなかったが、うんと言わないと帰してもらえなさそうなプレッシャーを感じたらしい。霊前で現金をやりとりするのはあんまりだから、口座のメモだけ書いて渡して、どうにかそ

の場を逃れたというんだがね」

「死んだ妻の手紙に二十万？　額が多すぎやしませんか」

「金額は向こうに委《ゆだ》ねたというのが、芹沢の言い分だ。気持ちに見合った額を振り込んでくれればそれで十分だと告げて、口座のメモを渡したと」

「死人に口なしか」綸太郎は決まり文句で応じた。「恐喝の臭いがプンプンしますね。そもそも妃名子の手紙というのは、実在するんですか」

警視は缶ビールの残りを手で量りながら、おもむろにうなずいて、

「するよ。自宅を捜索したら、後飾りの祭壇に供えてあった」

「渡辺にとって、都合の悪いことが書かれていたのでは？」

「こっちもそれを期待したんだがね。結婚祝いと簡単な近況をしたためた、ごく当たり障りのない手紙で、強請《ゆすり》のネタになりそうなことは一言も。病気のことで迷惑をかけているのに、理解のある夫で助かる云々と書いてあったから、渡辺に不利になるようなものじゃない。それでも、恐喝の線は否定できんだろうな。形見の手紙というのは、後で詮索された時のための予防線で、実際はほかに強請のネタがあったとにらんでいるんだが」

「というと？」

「先週の木曜日、芹沢沙絵の家に、例の保険の調査員が来ていたのを突き止めた」

昨日の午後、新宿通りの事故現場で見かけたのと同じ男で、妃名子が自殺した可能性がない

か、しつこく探りを入れているという。親友だった芹沢の口から自殺説に有利な証言を引き出そうと、誘導尋問を仕掛けたふしがある。

「なるほど。事件当日の通話内容について、彼女がこれまでの供述をあらため、自殺をほのめかしでもしたら、保険金の支払いを拒む有力な根拠になりますね。警察が他殺と断定しても、犯人が捕まらない限り、民事で争えばどっちに転ぶかわからない。芹沢の態度いかんでは、他殺の判定が覆ることもありうると」

「おおかた、その線で動いているんだろう」

綸太郎の観測に相槌を打ちながら、警視はタバコとライターを取り出して、

「芹沢沙絵が保険会社の思惑を利用して、渡辺に金銭を要求したと考えれば筋は通る。彼女の人物調査をしたら、実の兄を自殺で亡くしていたことがわかってね。うつ病が原因だったようで、そういう共通点があれば、証言にも重みが増すんじゃないか。問題の調査員は昨日から雲隠れして、ちっとも連絡が取れないんだが……」

くわえたタバコに火をつけ、いまいましそうに煙を吐き出す。

綸太郎は目を細くして、気の抜けたビールを口に含んだ。親父さんの読み通りなら、芹沢沙絵は事後的に渡辺の弱みにつけ込もうとしただけで、犯行そのものとはいっさい無関係ということになる。もちろん、ニセ札の出所とも。

「渡辺の自宅を捜索した際、妃名子の手紙のほかにめぼしい品は？」

「自宅の方は空振りだった」と警視。「そのかわり、張り込み班から気になる報告が上がってていてね。芹沢が弔問にきた日曜の夜、渡辺は車で外出している」

「行き先は？」

「狛江市内のトランクルーム。妃名子と再婚してから、最初の女房の遺品をまとめて預けていたらしい。ビルのフロアを細かく仕切ったタイプで、二十四時間出し入れ自由というやつだ。朝イチで令状を取って、渡辺が契約していた個室の荷物を調べたら、古着を詰め込んだ段ボール箱にニセ札の束が隠してあった」

警視はさらっと口にしたが、綸太郎はずいっと身を乗り出して、

「いくらあったんですか」

「帯封をした札束三つと封を切った残りで、合計三百八十万。全部同じ番号だ」

綸太郎は口笛を吹く真似をした。もともと四百万あった中から二十枚だけ抜き取って、芹沢への支払いに充てた勘定になる。わざわざトランクルームの古着の中に隠していたのだから、自宅に置いておけない素性の怪しい金だったのはまちがいない。

「帯封がしてあったということは、見せ金用にこしらえたダミーをつかまされた可能性もある。ATMではじかれるまで、渡辺自身は真札だと信じていたんですよね？」

父親に念を押すと、にやにやしながら、優越感丸出しでタバコの灰を落とし、

「そうだとも。後からわかったことだが、芹沢が介入してくるまで、渡辺がその金に手をつけた

がらなかった理由も想像がつく……。だがその話をする前に、もうひとつ触れておかないといけないことがあってね。トランクルームの荷物を総チェックしたら、うつ病関連のマニュアル本を収めた段ボール箱から、妙な品が出てきたんだ」

芝居がかった言い方をすると、親父さんは部屋着のポケットから二枚の写真を取り出し、テーブルに置いた。情報を小出しにしてせがれの意表をつくために、部屋に引っ込んでいる間、わざわざそこに忍ばせておいたと見える。

二枚のトランプを収めた名刺ホルダーのクリアリーフを、表と裏から撮影したものだった。表を向いたカードは、スペードのエースとハートのエース。裏面には自転車のサドルにまたがった天使が二人、上下左右対称のデザインで描かれている。

「――何ですか、これは？」

綸太郎が目をぱちくりさせると、警視は誰かの受け売りみたいな口調で、

「バイスクルのライダーバック、アメリカ製のポピュラーなトランプだ。写真ではわかりにくいかもしれないが、カードの大きさはブリッジサイズ」

「言われなくても知ってますよ。これはどういう品かと聞いたんです」

「見つかった時点では、意味不明だった」警視はあっけらかんと言った。「問題の段ボール箱が日曜日の夜に持ち込まれたことに加えて、見るからに訳あり臭い品なので、念のため押収したんだ。鑑識で調べてもらったら、どちらのカードにも、渡辺清志の指紋ともうひとり、誰のものか

わからない指紋が付着していた」

「誰のものかわからない指紋というと?」

「手紙の指紋と照合したが、渡辺妃名子や芹沢沙絵のものではないし、犯罪歴のある人間のものでもないということだ」

ますます思わせぶりな言い回しに、綸太郎はしびれを切らし、

「もったいぶらないで、ちゃんと説明してくださいよ」

「ちゃんと説明してるよ。本題はこれからだが、その前にちょっと」

警視は根元まで吸ったタバコを灰皿に投じ、ビールの空き缶片手に席を立った。

「どこへ?」

「いちいち聞くな。トイレだよ」

綸太郎はため息をついた。父親の背中を見送り、テーブルの写真にあらためて目をこらす。ロマ(ジプシー)のトランプ占いでは、スペードのエースは「死」を、ハートのエースは「夫婦間の問題」を象徴するというけれど……。

「——三週間あまり前、練馬区富士見台の個人住宅に強盗が押し入って、ひとり暮らしの老人が殺害される事件があってな」

用を足して手ぶらで戻ってきた法月警視は、いきなり別の事件の話を始めた。

「被害者は安斎秋則という練馬区役所の元職員で、三年前に連れ合いを亡くし、子供もいなかった。退職金を元手に株で儲けて、小金を貯め込んでいたらしい。事件が起こったのは、十月二十三日土曜日の深夜。犯人は単独犯で、庭の番犬を睡眠導入剤入りのドッグフードで眠らせてから、居間のサッシ窓を割って屋内へ侵入した。就寝中の安斎秋則を粘着テープで縛り、家の中を物色した後、荷造りロープで老人を絞殺、金品には手をつけずに現場を立ち去ったと目されていたんだが」

犯行のあらましを告げてから、意見を求めるようにこっちへあごをしゃくる。

前後の脈絡がつかめないので、そうされても答えようがないのだが、黙っているのも癪だった。綸太郎は二枚のエースの写真をつまみ上げ、気づいたことを口にした。

「被害者のイニシャルがA・Aですね。これと何か関係が？」

「いいところに目をつけたな」と警視。「だが、そいつは後の楽しみに取っておけ。事件の方は翌朝、近所の住人が死体を見つけて、警察に通報した。光が丘署に捜査本部が設置され、久能警部が専従捜査に当たっていたが、事件発生から三週間、犯人特定につながる有力な手がかりがなくて、昨日までは完全に手詰まりの状態だった」

久能警部は捜査一課の精鋭で、親父さんの右腕的存在である。狛江市の事件からはずれていたのは、専従捜査にかかりきりで、手が離せなかったからだろう。

「昨日までということは、今日になって何か出てきたんですね」

辛抱強く聞き役に徹すると、警視はしたり顔でうなずいて、

「劇的な進展というやつさ。魔法を使ったのは俺じゃない、久能警部の手柄だよ。いや、それより殺された老人の執念が、やっと実を結んだというべきか……」

また煙に巻くようなことを言ってから、じわっと小鼻をふくらませ、

「警部の話だと、安斎秋則は偏屈な変わり者だったようでね。猜疑心が強すぎて、銀行や警備会社は信用できないというのが口癖だった。虎の子の財産を盗まれないよう、客間の押入れの天井裏に八百万の札束を隠して、自前の警報装置を設けていたんだ」

「自前の警報装置？」

「発明マニアの類だな。帯封をした札束に千枚通しで穴を開け、目立たないように細い釣り糸が通してあった。強く引っぱると、糸の先につないだ警報ブザーが鳴る仕掛けだが、犯人はその仕掛けを見破ったらしい。小細工に逆ギレしたんだろう、八百万の札束には手をつけず、寝室に引き返して安斎秋則を殺害、というのが当初の見立てだった」

「帯封をした札束か」

綸太郎はようやく得心して、あごをなでながら続けた。

「被害者は猜疑心の強い、偏屈な老人だと言いましたね。警報装置だけでは安心できなくて、賊の目を欺くためにダミーのニセ札を用意してたんじゃないですか」

親父さんはもうちょっと引っぱるつもりだったのだろう。先を越されて悔しそうな顔をした

が、威厳を取り戻すように咳払いして、

「早い話がそういうことだ。人騒がせにもほどがあるけれど、安斎秋則という男、連れ合いに先立たれてから、年々奇行が目立つようになっていたみたいでね。わざわざそのためだけにハイスペックのプリンタスキャナを購入し、ホログラムのない旧札をコピーして、防犯用のニセ札を大量にこしらえていたというわけさ」

光が丘署の捜査本部は、強盗殺人犯が見向きもしなかった八百枚のコピー紙幣を押収したものの、防犯用のダミーに行使の目的がないのは明らかで、通貨偽造罪には問えない。通貨及証券模造取締法の適用は可能だが、紙幣をコピーした本人がすでに死亡しているため、現場の判断で立件は見送られた。

「紙幣番号が警察庁のデータベースに登録されてなかったのは、そのせいだ。まさか犯人が四百万だけ持っていくとは思わないし、事件性のないブツだから通常の押収物件と同じ扱いで、コピー紙幣のデータは未入力だった。以前にもそういうことがあったんでね。念のため警視庁管内に、渡辺が所持していたニセ札の番号を回覧させたのが幸いした。今日の昼過ぎ、光が丘署で通達を目にした久能警部が、俺の携帯に連絡をくれたんだ。ドンピシャリ同じ番号で、向こうの説明を聞いた時は、さすがに耳を疑ったがね」

まったく無関係な二つの事件が結びついたのだから、驚くのも無理はない。その時の父親のリアクションを想像して、綸太郎はにやついた。後で久能警部に聞いてみよう。きっと道で拾った宝くじが当たったようなはしゃぎっぷりだったにちがいない。

「ニセ札の番号が一致したとなると、渡辺清志が練馬区の強盗殺人に関与していたことはまちがいないですね――彼が手を下したかどうか、即断できないとしても」

倫太郎が慎重に付け加えると、警視はかぶりを振って、

「今さら及び腰になってもしょうがない。犯人は単独犯だと言っただろう。後手に回ってしまったが、安斎秋則殺しは渡辺の犯行で決まりだよ。殺しに手を染めていなければ、銀行のATMコーナーから逃げるのに、あそこまで無茶はしなかったはずだ」

「死に物狂いで逃走したのは、殺人の罪から逃れるためだったと？」

「そうとしか考えられない。手持ちの金がニセ札だと気づいた瞬間に、強盗殺人の決定的な物証になると悟ったんだろうな。天井裏の警報装置を目にした人間なら、誰が何のためにニセ札をこしらえたか、即座に思い知ったはずだから。残してきた八百万の紙幣番号と照合すれば、一発で犯行が露見する。パニックに陥ったのも当然だ」

自信たっぷりの返事に、倫太郎も納得のしぐさで応じてから、

「ニセ札と気づいていなかったのに、八百万を置いていったのは？」

「千枚通しの穴を嫌ったんだと思う」と警視。「渡辺が持ち去った四百万は無傷だった。安斎秋則は釣り糸の仕掛けを隠すため、ヒモ付きでない札束でカムフラージュしていたにちがいない。同じ位置に穴の開いた紙幣は、ひょんなことで足がつきかねないから、あえて手をつけなかった

んじゃないか」

「ずいぶん禁欲的な強盗ですね」

「だからさ」

と警視はこちらへ頭を傾けて、

「光が丘署の捜査本部は、強盗が天井裏の現金をダミーと見破り、その腹いせに安斎秋則を殺害したものと見ていた。だが、渡辺は盗んだ四百万が真札だと信じていたんだから、その推測は当たらない。逆に老人を殺すことが渡辺の主目的で、金の一部を盗んだのは、強盗の犯行に見せかけるための偽装だったとしたらどうだろう？　芹沢沙絵に金銭を要求されるまで、盗んだ金に無関心だったのも、たぶんそのせいだ」

「殺人が主目的？　それはちょっと飛躍のしすぎじゃないですか」

綸太郎はわざと物分かりの悪いふりをして、話の続きを催促した。警視はフッフッと含み笑いしてから、もったいぶった手つきでタバコに火をつけ、

「飛躍じゃないわけを教えてやろう。久能警部の話だと、殺された安斎秋則には二十八歳の甥がいてね。死んだ妹夫婦のひとり息子で、楢崎翔太という男だ」

「唯一の身寄りということですか」

「そう。伯父に学費の援助を受けて都内の私大を卒業した後、東長崎でフリーター暮らしをしていたが、三ヵ月前にバイト先のコンビニがつぶれてから、職にあぶれている。ネットオークショ

ンの転売で、どうにか糊口《ここう》をしのいでいるそうだ。伯父が死んで遺産が転がり込めば、職探しに汲々とする必要はない」

警視の目つきが鋭さを増し、綸太郎は居ずまいをあらためた。

捜査に着手した時点で、久能警部は真っ先に甥の犯行を疑ったという。楢崎翔太は以前から安斎宅にちょくちょく出入りしており、現場の間取りや被害者の生活習慣に通じている。庭で飼われていた番犬のジローも、彼になついていた。遺産目当ての犯行を、強盗のしわざに偽装するぐらいは序の口のはずである。

「――ところが、実際に面談して、久能警部は楢崎をシロと判断した。理由は天井裏から押収したニセ札を見せた時の反応が、犯人らしくなかったこと。さらに事件のあった夜、彼には非の打ちどころのないアリバイがあった」

「というと？」

「土曜日の午後十一時から翌日の午前三時まで、池袋のネットカフェでオンラインのネットゲームをプレイしていたんだ。行きつけの店で、店員は楢崎の顔を覚えていたし、ゲーム会社のログイン記録で裏が取れている。替え玉や煙管《キセル》アリバイを疑う余地もない。これが単独の事件なら、楢崎翔太の犯行は不可能ということになるわけだが」

「でも、事件はそれだけじゃなかった」

ここまで来れば、状況は明白である。綸太郎は如才ない口調で、

「強力な動機の持ち主がアリバイに守られているのは、渡辺清志のケースと同じで、共犯者を想定すればアリバイは問題にならない。渡辺が強盗の犯行に見せかけて安斎秋則を殺したのがたしかなら、その逆も成り立つと」

「まさにその通り」警視は得意げに言い放った。「楢崎翔太は伯父を殺してもらった見返りに、渡辺妃名子を首吊り自殺に偽装して殺害した。練馬区の事件と狛江市の事件は、二人が共謀した交換殺人だったのさ」

「ブラボー！　やっとツキが回ってきましたね。二枚のエースに残っていた未詳の指紋が楢崎翔太と一致すれば、二人の共謀を立証できる。彼の身柄は押さえたんですか？」

綸太郎がたずねると、親父さんは急に頭を掻いて、

「いや、それがね——」


知らせを聞いた法月警視は、ただちに光が丘署へ出向き、久能警部と合流した。双方の捜査情報をすり合わせ、楢崎翔太に対する容疑を固めると、参考人聴取の目的で、東長崎のワンルームマンションに捜査員を急行させたのだが……。

「行動を急いだのは、ひとつ気がかりなことがあったからだ」と警視は言い添えた。「例の保険の調査員が、余計なことをしてくれたおかげでね」

新宿通りの事故現場に居合わせた調査員が、対応を焦って負傷者の身元をマスコミにリークし

たらしい。それがきっかけで、渡辺の死が一部報道に出てしまった。

ニセ札の件はどうにか伏せられたが、事故状況の不自然さから渡辺の自殺を勘繰るような飛ばし記事が、昨夜からネットに出回っているという。楢崎がそれを目にすれば、じっとしていられないはずだった。最悪の場合、捜査の手が自分の身に及ぶことを怖れて、一足先に逃亡を図ってもおかしくない。

その危惧は当たった。


「——東長崎のワンルームは、すでにもぬけの殻だった。携帯にかけても、まったくつながらない。居場所を突き止められないよう、電源を切っているんだろう。ニセ札の出所が割れるまで、まる一日かかったのが響いたな」

「やれやれ」

綸太郎は大げさに肩をすくめるようなしぐさをして、

「九仞《きゅうじん》の功《こう》で、前祝いどころじゃないですね。せっかく容疑者を特定したのに、身柄も押さえられないようでは」

「そう堅いことを言うなよ。今日一日で、大きな山を越したんだから」

警視はタバコを燻《くゆ》らせながら、素面《しらふ》のような顔をした。二本目の缶ビールを開けなかったのも、本人的には自粛したつもりのようである。

「身を隠したといっても、相手は後ろ盾のない素人だ。身ひとつで逃げ出したようなものだから、じきに居所はつかめるさ。すでに光が丘署の捜査本部が網を張ってるし、あす本庁に特別捜査本部を立ち上げて、人員を確保できる見通しがついた。自宅のワンルームを捜索して、交換殺人を裏付ける物証が取れたんでな」

「楢崎翔太の指紋が、渡辺のトランプと一致した？」

「いや。そうではないんだが、事実上それと等しい」

警視は吸いかけのタバコを灰皿に置くと、また部屋着のポケットに手を入れて、

「部屋のクローゼットに通帳や印鑑類の保管ケースがしまってあってね。持ち出す暇もなかったようだ。その中からこういうものが出てきた」

別の写真を取り出し、さっきの写真の横に並べる。

同じ構図で、表向きのトランプが二枚写っていた。

スペードのジャックと、ハートの3。

「渡辺清志がトランクルームに隠していたのと同じ、バイスクルのライダーバックだ。おそらく同一のセットから抜き出したものだろう。鑑識で二枚のカードを調べたところ、楢崎本人の指紋ともうひとり、誰のものかわからない指紋が付着していた」

「——誰のものかわからない指紋？」

聞き覚えのあるフレーズに食いつくと、警視は口許に笑みを浮かべて、

「楢崎のでない方が、エースの未詳指紋と一致した。まちがいなく同一人物だ。俺の言う意味はわかるな？　今のところ素性は不明だが、その指紋の持ち主を介して、渡辺清志と楢崎翔太が意志疎通を図っていた事実は動かせない」

綸太郎はうなずいた。両手に写真を持ち、四枚のカードに目をこらす。

♠A・♡A。

♠J・♡3。

交換法則と結合法則。共犯者の片方が死亡してしまっても、二人の共謀関係が存在したことを立証するには、その指紋で十分だろう。だが……。

「二人の関係は明らかだとして、第三の人物の役割は？」

「交換殺人の段取りをまとめた仲介役だろう」警視の答は早かった。「もぐりの便利屋とかイベント・サークルの幹部OBとか、そういう手管《てくだ》に長《た》けたやつが一枚噛んでいるのかもしれない。おまえも知っての通り、共犯者どうしの接触を極力控えるのが、交換殺人のセオリーだ。だとすれば、本人どうしがじかに連絡を取り合うより、事件とまったく関係のない第三者が間に入って、交渉を代行する方が発覚のリスクも低くなる。もちろん、黒子に徹した仲介者は口止め料と込みで、双方から代行手数料をせしめるわけだ」

「結婚紹介所——いや、闇サイトの管理人みたいなものですか」

「立場的にはな。ただ、ネットの匿名性を過信するのは禁物だ」

「というと？」

「渡辺清志の携帯チップを解析して、削除メール類を復元しているところだが、あまり当てにはしていない。俺の勘だと、通信ログやアクセス記録から犯行が露見しないよう、肝心な情報は全部オフラインでやりとりしていたようなふしがある。このトランプも、仲介者がそれぞれのクライアントに送ったもので、犯行条件を指定する割り符めいたものじゃないかと思うんだが」

「割り符とはまた、ずいぶん古風な表現ですね」

綸太郎がおどけて言うと、警視はフンと鼻を鳴らして、

「古風だっていいじゃないか。デジタル全盛のご時世だからこそ、かえってアナログな手口が盲点になるということさ」

「肝に銘じておきますよ」と綸太郎は応じて、「最初に見つかった二枚のエースがA・A、つまり安斎秋則のイニシャルを秘した符号だとして、ジャックと3は？　渡辺妃名子のイニシャルはW・Hで、旧姓は島谷。Jも3も出てきませんよ」

「そうあわてるな。数字の3を横に倒したら、Wと読めるだろう」

「まあ、たしかにそう見えなくもないですが。だったらジャックは？」

こちらの反応が鈍かったせいか、警視は少しムキになって、

「これは久能警部の説なんだが、妃名子の妃はローマ字表記だとHiになる。だからハイジャック（Hijack）の語呂合わせで、ジャックの札を選んだのではないか」

「ムム……」

綸太郎はうなった。感心したからではない。久能警部の解釈は想像力に富んでいるけれど、苦しまぎれなのは明らかだった。同じことを自分が主張したら、親父さんはこじつけだと言って一《いっ》顧《こ》だにしないだろう。

「その顔だと、お気に召さないようだな」

「いや、面白いアイデアだと思いますけどね。でも、妃名子の妃ならクイーンでしょう。そんな語呂合わせをしなくても、スペードの女王にした方が……」

と、言いかけたその時。

突拍子もない考えが反射的にひらめいて、綸太郎は息を呑んだ。

そんな見方ができるだろうか？　もう一度写真のカードに目をやり、マークと文字の対応をたしかめる。先入観なしに見れば、抜けがあるのは一目瞭然だった。

「――そうか。ハートのエースは、イニシャルじゃない」

「何だって？」と警視。「イニシャルでなければ、何だ」

「数字の1です。スペードの札は被害者を、ハートは順番を示している」

「順番って、何の順番だ？」

「だから、交換殺人を実行に移す順番ですよ」

法月警視はさっぱり要領を得ない顔をした。

口で説明するより、実演してみせた方が早い。綸太郎はバタバタと席を立ち、自分の書斎に駆け込んだ。長いこと触ってないが、どこへやったっけ？

目当ての品は、棚の抽斗《ひきだし》の奥で埃をかぶっていた。ビンゴゲームの景品でもらったプラスチック製のトランプだ。バイスクルのライダーバックではないけれど、デザインのちがいは大目に見てもらおう。

リビングへ取って返すと、警視は暇を持てあましたようにタバコを吹かしていた。

「こいつを吸い終わるまでに戻ってこなければ、先に寝ようかと思っていたところだ。おまえとちがって、いつまでも夜更かしできる優雅な身分じゃないからな。言いたいことがあるならとっとと説明して、俺を解放してくれ」

自分がさんざん話を引き延ばしてきたくせに、風向きが変わったとたん、勝手なことを言う。綸太郎は持ってきたトランプを選り分けながら、すました顔で、

「説明を聞いたら、眠れなくなるかもしれませんよ」

「大きく出たな。そんなものを持ってきて、占いでも始めるつもりか？」

綸太郎は答えずに、四枚のカード——スペードのエースとハートのエース、スペードのジャックとハートの３——を抜き出し、テーブルの上に並べた。

「頭の体操ですよ。さっきも言ったように、スペードとハートの札は、それぞれ別の意味を持っ

ていた可能性がある。もしぼくの考えが正しいとしたら、渡辺清志が持っていた二枚のエースはA・Aではなく、A・1を示しているはずです。すると、楢崎翔太の部屋で見つかったJ・3のほかに、もう一組のペアが存在しなければならない」

「もう一組のペアだと？」

「順当に考えれば、それはQ・2になるはずです。こんなふうに」

綸太郎はスペードのクイーンとハートの2のペアを追加した。

♠A・♡A。

♠Q・♡2。

♠J・♡3。

「——ハートの1と3の間に、2が入るということか」

法月警視は眉間にしわを寄せながら、カードから目を上げて、

「おまえはさっき、スペードのクイーンは渡辺妃名子のことだと言ったな」

「ええ。そして、ハートの2は二番目の被害者を意味する。同様にスペードのエースが安斎のAを、ハートの1が最初の被害者を示すとすれば、ジャックと3は——」

タバコの灰が落ちるのにも気づかないで、警視はごくりと唾を呑んだ。

「Jで示される人物が、三番目の被害者になるという意味か？」

まだ半信半疑の問いに、綸太郎は力をこめてうなずいて、

「だとすれば、渡辺妃名子を殺したのは、楢崎翔太ではありません。部屋のクローゼットに隠していたカードの組み合わせから見て、彼はJのイニシャルを持つ未知の人物を殺害する担当だった可能性が高いからです。妃名子を殺したのは、誰のものかわからない指紋をカードに残した第三の人物でしょう」

「まさか」警視は引きつった顔のまま、かぶりを振った。「渡辺と楢崎の交換殺人ではなく、第三の人物も加わった三重交換殺人が仕組まれていたと？　いや、そんなことがあるものか。いくらなんでも、おまえの思いつきは突飛すぎる」

「たしかに突飛かもしれませんが、無根拠な思いつきじゃありません。このパターンには必然性がある——渡辺と楢崎以外に、第三の人物が関与しているのも事実ですから。たとえ直接の接触を避けるためだとしても、立場の異なる第三者に頼るのは、かえって余分なリスクを背負うことになりかねない。未詳指紋の持ち主が単なる仲介者ではなく、実際に交換殺人に手を染めたと考えていけない理由がありますか？」

「待て」警視は鋭く反論した。「仲介者の手を借りたのでなければ、こんなカードをやりとりする必要はない。おまえの説は机上の空論だ」

「ちがいますね。共犯者が三人いたからこそ、カードが必要になったんです」

綸太郎はにやりとすると、テーブルに並べたトランプを全部裏返した。スペードの三枚とハートの三枚を分けて、別々に切り混ぜる。

「三人の人間が交換殺人を行う場合、二人でやるのとちがって、ターゲットの割り振りは二通り、犯行の順番も六通りですから、全部で十二通りの可能性がある。不平等が生じないように段取りを決めるなら、一番フェアなのはくじ引きでしょう。彼らは押収されたカードを使って、各自の分担と犯行順を決めたにちがいない。四枚すべてに第三の人物の指紋が残っていたのは、たぶんそいつが札をカットしたせいですよ」

綸太郎は手を止めて、父親にあごをしゃくった。

警視は腕を組んで、むっつり黙り込んでいた。やがて観念したように腕をほどくと、二つの山から一枚ずつカードを引いて表を向ける。

スペードのジャックとハートの3。

「――J・3だ。何かトリックでも使ったのか？」

いぶかしそうに警視が問う。綸太郎は首を横に振って、

「たまたまです。でも、念のため十一月一日の楢崎翔太のアリバイを確認した方がいいですね。ぼくの想像通り、一連の事件が三重の交換殺人だとしたら、楢崎は妃名子殺しが行われた時間帯にも、隙のないアリバイを用意している可能性が高い……。急に行方をくらましたのも、ひょっとしたら渡辺清志の事故とは無関係かもしれません」

「事故と無関係？　どういうことだ」

「渡辺妃名子が殺されてから、半月以上たっている。すでに三人目の犠牲者が出ていてもおかし

くはないでしょう」

親父さんは目をみはった。綸太郎は続けて、

「犯行の際、何か足がつくようなミスをして、それで身を隠したのかもしれない。狛江市の事件が起こった一日以降、今日までの間に、イニシャルがJ、もしくはそれに類した名前の持ち主が殺害されていないか、他殺と断定されていない不審死も含めて、記録を総チェックしてください」

「わかった。楢崎の一日のアリバイも含めて、調べてみよう」

警視は真顔で請け合ってから、先が思いやられるように、

「だが、被害者の手がかりがJ、というだけでは曖昧すぎる。苗字と名前の両方の可能性があるんだからな。もっと確実に絞り込める条件はないのか」

「あります」綸太郎は即答した。「捜査が難航している事件を探せばいいんですよ。楢崎が請け負ったJ・3の犯行は、被害者に対して明白かつ強力な殺人動機を持つ容疑者が、完全なアリバイを確保しているケースに限られる——その容疑者こそ、渡辺妃名子を殺害した三人目の共犯者で、四枚のカードに付着した未詳指紋の持ち主です」

§

十一月十七日、水曜日。

法月警視は予定通り、本庁に練馬区・狛江市両事件の特別捜査本部を設置すると、安斎秋則の殺害に関与した疑いで楢崎翔太の逮捕状を取り、全国に指名手配した。

楢崎の行方は、依然不明だった。ここ数日の足取りがまったくつかめないうえに、先週末から東長崎の自宅にも帰っていないらしい。共犯の渡辺清志が事故死する以前に、別の理由で逃亡を図った可能性が否めなくなっていた。

その日の午後遅く、久能警部の聞き込みで、さらに憂慮すべき事実が加わった。渡辺妃名子が殺害された十一月一日の午後、楢崎翔太は練馬区の弁護士事務所を訪れ、伯父の遺産相続手続きについて相談していたという。

「安斎秋則は遺言を残していませんでした」と久能。「相続人は甥の楢崎だけですが、所在不明の隠し財産の扱いが実務のネックになっていたみたいですね。過去の取引状況から見て、銀行から引き出した現金は最低でも八千万。楢崎は土地家屋の分だけ相続税を支払い、タンス預金の方は後からこっそり家捜しして、税金抜きでポケットに入れたがっていたらしい。そんな虫のいい話はありませんが、どうにかそこをスルーして相続税を安く上げる裏技はないかと、しつこく聞かれたそうです」

「なるほど。で、楢崎が弁護士と打ち合わせていた時間は？」

「午後三時に事務所に来て、五時半頃までずっと居座っていたと」

くだんの弁護士事務所は、練馬区役所の近所にあるという。狛江市中和泉の犯行現場まで、電車なら一時間弱、車でも三、四十分はかかる。

「だとしたら、楢崎に渡辺妃名子は殺せない。面会時間を指定したのは？」

「楢崎の方です。アリバイを確保するために、その時間帯を選んだんでしょう。第三の人物が犯行に関与している疑いが濃くなってきましたね」

「ああ。どうやら、せがれの思いつきが当たっているみたいだな」

法月警視は眉をひそめながら、しわがれたため息をついて、

「J・3に該当する事件のリストアップを急いだ方がよさそうだ」

9　兄と弟

「エラリイさん、私はこんなことが好きなわけじゃない。本当です。兄を殺す計画なんて私だっていい気持じゃない。だが、だれかがこのいやな仕事をしなきゃならないし、私は全能の神が手をくだすのを待っていられなくなった」

「いったん彼の血を流したら、あなただってキングと変らなくなりますよ、ジュダさん」

「私は死刑執行人なんです。死刑執行人は公僕の中でもっとも尊敬さるべきものなんだ」

――エラリイ・クイーン『帝王死す』

「これからちょっと、ドライブに付き合ってくれないか」

遅い朝食をとりながら、法月警視が言った。日曜日の朝だった。

「いいですけど、どこへ？」

「柿生《かきお》の方に見ておきたい物件があってな。おまえも興味があるはずだ」

親父さんの口ぶりから、例の交換殺人がらみの現地視察だとわかった。

週の後半、法月警視は寝に帰るだけのような日が続いて、詳しい事件の経過を聞きそびれている。楢崎翔太は相変わらず行方不明で、捜査の進捗状況が気になっていたところだった。わざわざ休日を選んでこぶ付きで動くのは、何か思惑があってのことだろう。安楽椅子探偵もいいけれど、たまには書斎を出て、外の風に当たるのも悪くない。

三十分後。綸太郎は運転手役を買って出ると、カーナビを起動して、

「柿生というと、町田の手前になりますね。東名高速で行きますか？」

「いや、少し遠回りになるが、狛江市に寄り道していこう」助手席のシートベルトを締めながら、警視は気を利かせた。「渡辺妃名子が殺された家を見せてやる」

父親の仰せに従って、環八通りから世田谷通りへ車を走らせる。

気持ちのいい秋晴れの日だった。飛び石連休の二日目で、昼前の道路は混んでいたが、ストレスがたまるほどの渋滞ではない。狛江市に入ってから世田谷通りを離れ、狛江通りの交差点を左折。中和泉の住宅街の一郭で、警視は車を停めさせた。

「そこの家だ。外から見るのはいいが、敷地の中には入るなよ」

うなずいて綸太郎は車から降りた。門柱の表札を確認し、スチールのフェンス越しに持ち主の

いなくなった家をのぞき込む。花壇の雑草が伸び放題になっていたけれど、半月やそこらの荒れ方ではなさそうだ。渡辺妃名子はうつ病を患って、庭の手入れどころではなかったはずだから、事件が起こる前からこうだったのだろう。夫の死後に届いたのか、ビニール封筒のダイレクトメールが郵便受けのスロットからはみ出していた。

家の窓はどこもかしこもしっかり閉ざされ、中の様子はうかがえなかった。何か手応えがほしくて、門柱のインタホンを押しそうになったが、子供のいたずらと変わらないと気づいて手を止める。住人の死が相次いだいわく付きの物件だとしても、今はがらんどうの容器にすぎない。綸太郎は唐突にアントクアリウムのことを思い出した。妃名子が飼っていたアリの群れは、あれからどうなったのだろうか?

車に戻ってたずねると、警視はそっけない声で、

「トランクルームの段ボールの中で干からびていたが。それがどうかしたか」

「――いえ、別に」綸太郎はエンジンをかけ、車を出した。

世田谷通りに戻り、さらに西へ。多摩水道橋に差しかかると、多摩川の河川敷に大勢の人が繰り出していた。

性別も年齢層もバラバラだ。遠足かジョギングみたいないでたちで、めいめいが大きなポリ袋を引きずりながら、四、五人ずつのグループに分かれ、ちょこまかと地面をつつき回している。遠目に見ると、アリの採集活動のようだった。

「何だ、あの集団は？」と警視。「宝探しでもしてるのか」

「市民ボランティアのごみ拾いイベントですよ。NPOが定期的に催している、多摩川エコ・ウォークというやつじゃないかな。連休に合わせて大きなイベントをやるって、回覧板にチラシが入ってたでしょう」

「あれか。可燃ごみだかリサイクルだか、妙な分別キャラクターが載ってたな」

正体がわかったとたん、警視の関心は薄れた。

多摩川を越えると神奈川県川崎市、世田谷通りも津久井道と名を変える。ウィンドウを下げ、タバコを吹かし始めた父親を横目に、綸太郎はそろそろ頃合いと見て、

「三番目の被害者の絞り込みは、まだめどが立ちませんか？」

「警視庁管内の事件ならあらかたつぶしたよ。被害者のイニシャルがJ、今月二日以降に起こった事件の中で、二つほど脈のありそうなやつがあってね。江戸川区と品川区の殺人で、どっちも有力な容疑者にアリバイが成立していたんだが」

「どんな事件です？」

警視は二件の概要を述べた。江戸川区の方は、十一月十日、徐泰明《じょたいめい》という鍼灸院の院長が西小岩の自宅で刺殺された事件で、六十代の患者男性との間に金銭トラブルを抱えていたらしい。男性はその日、関西方面へ旅行中だった。もう一件は十二日の夜、五反田のラブホテルの客室で、神宮寺《じんぐうじ》美優《みゆ》という専門学校生が絞殺された事件。二十代の交際男性が捜査線上に浮かんだが、犯

行時は別の女性と一緒だったという。

「二人の指紋は調べたんでしょうね」

「もちろん。どちらもカードの指紋とは一致しなかった。あと一件、謝花《じゃはな》さよ子という市民運動家の自宅に銃弾が撃ち込まれる事件があったが、これは右翼団体による脅迫で、死傷者も出ていない。都内で引っかかったのは、それで全部だ。念のため被害者のイニシャルがJでなくても、ほかの条件に合いそうなやつは洩れなくチェックしたんだがね。これというのは出てこなかった」

「――おかしいな」

綸太郎はステアリングを人さし指でトントンたたきながら、

「まだ三番目の事件が起こってない可能性もありますが、それだと楢崎翔太の急な逃亡に説明がつかない。狛江市の事件でも楢崎のアリバイが成立している以上、三人目の共犯者が存在するのはまちがいないはずなんですけどね」

「だから関東六県と、山梨県に捜査の範囲を広げることにした」と警視が続ける。「交換殺人を行うなら、管轄の異なる土地で事件を起こした方が尻尾をつかまれにくいからな。そうしたら神奈川県警の管内で、気になる事件が網にかかった」

「その現場が、いま向かっている柿生に？」

「ああ。まだ目をつけたばかりで確証は得られてないが、どうも当たりを引いた感触がある。神奈川県警の縄張りを荒らすことになるから、拙速《せっそく》は禁物だがね。言い出しっぺのおまえにも意見を聞いてみたくて誘ったんだ」

「なるほど」慎重な言い回しは自信の裏返しだろう。「被害者の氏名は?」

「上嶋悦史《えつし》、四十歳。上下の上にやまへんの嶋で、ジョウシマと読む。事件が起こったのは一週間前の今日、柿生の自宅が火事になり、焼け跡から彼の焼死体が見つかった。消防署の調べでは、放火の疑いがあるらしい」

赤信号に引っかかり、綸太郎はブレーキを踏んだ。小田急線の読売ランド前駅前。

「放火か。計画的な交換殺人なら、手口も変えてくるでしょうね」

「だろうな。日付とイニシャルも合致する。被害者は無職、いわゆる高齢ニートでね。大学卒業後、東京の商社に就職したけれど、三年足らずで退職。それ以来ずっと定職に就かず、自宅で親の世話になっていたらしい。完全な引きこもりではなかったようだが、明るいうちに外出することはまれだった。おまえと同じ自宅警備員というやつだ」

どこで覚えてきたのか、ネットの俗語を口にする。綸太郎は肩をすくめて、

「一緒にしないでくださいよ。まだ両親とも健在ですか」

「いや、父親は四年前に病死して、七十近い母親と二人暮らしだった。悦史は長男で、三つ年下の妹とさらにその二つ下の弟がいる。妹は静岡に嫁いだが、弟の務《つとむ》は未婚。教員免許を取って、川崎市中原区の公立中学で理科の先生をしている」

やっと信号が青になった。綸太郎はアクセルを踏みながら、

「火災の発生状況は？」

十四日日曜日の午前五時頃、川崎市麻生区片平の木造二階建てから出火して、あっという間に燃え広がった。近隣住民が一一九番通報し、延焼は免れたものの、消防車が到着した時点で二階の長男の居室まで火が回り、救助活動は間に合わなかった。

消防の現場検証によると、火元の階段上り口付近に灯油をまいた跡があり、石油温風ヒーターの給油タンクが放置されていたという。時限発火装置のような仕掛けが施された形跡はなく、ヒーター本体は屋外の物置にあったことから、何者かが去年の使い残しの灯油を床にぶちまけた後、その場で火をつけた可能性が高い。焼死体で発見されたのは、長男の悦史だけ。同居の母親は外出中で難を逃れた。

「――日曜日の午前五時に？」

「現場から一キロほど離れた祈禱所《きとう》で、朝行に励んでいた」と警視。「長男の先行きを案じて、地元のミニ新興宗教にはまっていたんだ。毎週日曜の朝五時から八時まで、教祖の家に寄り合ってひたすらお祈りを唱え、それがすんだら教祖が浄めた霊水を持ち帰って、その水で長男の食事を調理する。連れ合いに先立たれて、ますます信心にのめり込んだみたいだな。何があっても、日曜の朝行だけは欠かさなかったそうだ」

「完璧なアリバイ、というやつですか？　石油温風ヒーターの給油タンクといい、家内事情に詳しい人間が犯行に関与しているはずですが」

先回りしてたずねると、警視は首を横に振って、

「だからといって、息子の将来を悲観した母親のしわざじゃなさそうだ。歳が歳だから自分だけ助かろうとは思うまいし、長年住み慣れた家が全焼して、亡夫の位牌から何から全部灰になったせいで、長男の死以上にがっくり来てるというからな。だいいち、七十近い婆さんを交換殺人の仲間に加えたりはせんだろう」

「それも一理ありますね。神奈川県警の判断は？」

「被害者は十年以上、実家にこもって外部との交渉を断っていたから、怨恨の線は考えにくい。殺しの動機があるとすれば、身内の妹か弟に限られる。この先ずっと一家のお荷物になるぐらいなら、いっそ死んでくれた方が……と思ったことも一度や二度ではあるまい。ところが当日のアリバイを確認したところ、二人とも犯行は不可能だとわかった。それともうひとつ、十四日は悦史の四十歳の誕生日だったそうでね。身内の犯行が否定されたことと併せて、将来を悲観しての自殺という結論に落ち着いた」

いったん言葉を切ってから、親父さんは打ち明け話をするように、

「ただ消防の担当官の話だと、遺体の焼け方やまかれた灯油の量が去年の残りにしては多すぎることなど、いくつか不審な点があるらしい。放火殺人の疑いも捨てきれないというんだが、県警

が事件性なしと断定したので、それ以上の追及は――」

説明の途中で道路沿いの庁舎を指差し、あれが所轄の麻生警察署だと、苦りきった口調で言い添えた。上嶋悦史が交換殺人の被害者だとすれば、神奈川県警の対応は犯人グループの狙い通りだったことになる。犯行日時を誕生日に設定したのも、発作的な自殺という結論に誘導するための布石と見てよさそうだ。

「妹と弟のアリバイというのは、具体的にどんな？」

「結婚した妹は下田市に住んでいてね、朝七時台に子供と一緒に飼い犬の散歩に出たところを近所の住人が見ている。伊豆半島の下田から柿生まで、車を飛ばしても三時間はかかるから、午前五時に実家に放火することは不可能だ」

「犬の散歩か。弟の方は？」

「深夜から早朝にかけて、府中街道沿いのファミレスにいた。上嶋務は武蔵小杉のマンションにひとり暮らし、近所の行きつけの店らしい。ノートパソコンを持ち込んで、朝まで粘っていたのを店員が覚えている。小説の応募原稿を書いていたというんだが」

「小説を？」

「そんなに驚くことはないだろう」警視は軽くあしらって、「今どき小説家志望の人間なんてちっとも珍しくないからな。理科専攻だが、大学時代は文芸サークルに入っていたそうでね。今年、九段社の新人賞に応募した原稿が、一次予選を通過したらしい」

「へえ」

ちょっと興味をそそられた。九段社なら綸太郎も顔が利く。担当の編集者に頼めば、上嶋務の応募原稿を読ませてくれるかもしれない。手書きの時代ならいざ知らず、プリンタで出力した原稿から彼の指紋を採取するのは、さすがに困難だろうが……。

「務のアリバイに問題があるとすれば、鉄板すぎることだ」と警視が続ける。「休日のそんな時間帯にファミレスで粘るなんて、手回しがよすぎる。まるで火事が起こる日時をあらかじめ知っていたみたいじゃないか」

「たしかに。伯父が殺された夜、楢崎翔太がネットカフェでアリバイをこしらえたのと同じ作為臭がしますね。そうすると、その上嶋務という男が一連の交換殺人の、三人目の共犯者である可能性が高いということですか」

「そうだ。放火したのが楢崎で、狛江市の事件は上嶋務のしわざだと思う」

「でも、彼は公立中学の教師でしょう」綸太郎は慎重に問いかけた。「渡辺妃名子の死亡推定時刻は、午後三時から四時の間。今の先生は放課後までノルマがびっしり詰まっているから、平日三時台の犯行は無理なんじゃないですか？」

「いや、彼は非常勤講師で、授業時間以外の拘束は受けない。妃名子が殺された月曜日は、五時で授業が終わる。最寄り駅の武蔵小杉から狛江駅まで、電車でも三十分かからない。二時半に学校を後にすれば、移動時間も含めて犯行は十分可能だ」

父親の返事を聞いて、ステアリングを握る手に自然と力が入った。柿生の交差点で右折し、片平川に沿って北上する。多摩丘陵の尾根と雑木林に囲まれた平坦な田園地帯で、のどかな里の風景が広がっていた。

護岸整備された緑道を離れ、民家の点在する農道を進んでいくと、開けた休耕地の脇に焼け落ちた家屋の跡が見つかった。火事から一週間たっているのに、真っ黒に焦げたがれきの山をブルーシートで覆っているだけで、焼け跡はそのまま放置されている。燃え残った梁に数羽のカラスが止まって、わが物顔であたりを見下ろしていた。

「先客がいるみたいですよ」

シートベルトに手をかけた父親に、綸太郎は注意を促した。

母屋の玄関があったとおぼしき地面に、花と線香が供えてある。小太りの中年男性がその前にしゃがみ込んで、手を合わせていた。連れはおらず、地元の人間でもなさそうだ。型くずれしたスーツを着て、頭頂部がだいぶ寂しくなっている。

男の姿を認めたとたん、法月警視の顔色が変わった。

「どういうことだ？　なんであいつがこんなところに」

たたきつけるように車のドアを閉め、男の方へ大股で近づいていく。

わけがわからないまま、綸太郎は跡を追った。ドアの閉まる音で、向こうも気づいたらしい。頭を上げると、膝を伸ばしてこちらへ振り返った。

その顔に無防備な驚きの表情が浮かぶ。

「法月警視。どうしてあなたがここに？」

「それはこっちが聞きたい」

妙な具合になってきた。綸太郎は顔を突き合わせている二人の間に割り込んで、

「お父さんの知り合いですか」

「例の保険の調査員だ」と警視が答えた。「渡辺妃名子の事件を嗅ぎ回っていた」

§

調査員の名は古橋《ふるはし》といった。前橋の芹沢沙絵に誘導尋問を仕掛け、四谷の事故現場に居合わせて、被害者の素性をマスコミにリークした要注意人物だ。

「ひょっとして、ここまで尾けられたか」

法月警視に小声で聞かれ、綸太郎は首を横に振った。車を尾行されていれば気がついたはずだし、向こうが先に着いていたのは明らかである。

「じゃあ、どうやって先回りしたんだ？」

古橋は質問の意図が理解できないようだった。自分は柿生の出身で、死んだ上嶋悦史とは中学の同級生だったという。葬式に出られなかったので、遅ればせながら線香を手向けにきた、鉢合

わせしたのは単なる偶然だ、と真顔で言った。

「――中学の同級生だって？　免許証を見せてくれ」

ＩＣカードになる前に交付されたもので、本籍欄には川崎市麻生区白鳥とあった。ここと町名は異なるが、同じ学区だろう。免許証を返しながら、警視はなおも疑り深い表情で、

「その場しのぎの言い逃れは通用しないぞ。調べればすぐわかることだ」

「言い逃れも何も、本当にそうなんだから仕方がない。嘘だと思ったら、上嶋の弟に聞いてみてくださいよ」

「上嶋務と知り合いなのか？」

警視が詰め寄ると、古橋はますます困惑の色を濃くして、

「いけませんか。地元の大学の後輩でサークルが同じだったから、弟の方が付き合いが深い。年齢はかぶらないんですが、こっちは浪人時代が長かったので」

文学同好会と称して、女っ気の乏しい飲み会に明け暮れていたという。西村寿行《にしむらじゅこう》の愛読者であることを打ち明けると、古橋は探りを入れるように、

「解せないのはあなたの方ですよ、警視。ここは神奈川県警の縄張りで、警視庁は管轄ちがい。なのに、非公式ブレーンの御曹司を連れて現地視察とは、どう見てもただごとじゃない。上嶋の焼身自殺に何か裏があるんですか、法月センセイ？」

矛先《ほこさき》を向けられて、綸太郎は目をそらした。相手もその道のプロだ。親父さんだけならまだし

も、自分まで面が割れているのではごまかしようがない。

法月警視が口をへの字に結んで、どうするとこっちへあごをしゃくる。

綸太郎は腕を組んだ。古橋の出現は完全に想定外だったが、嘘をついているようには見えない。彼の言う通りなら、たまたま鉢合わせしたのも何かの縁で、逆にその偶然を利用しない手はないだろう。交換殺人のシナリオが発覚したのも、渡辺清志の事故死という想定外のアクシデントがきっかけだった。今回のようなケースが相手だと、運を味方につけなければ解決はおぼつかない。

「腹を割って話をする必要がありそうですね」と綸太郎は言った。「上嶋務の知り合いなら、聞きたいことが山ほどある」

「だな。どこかこのへんで、誰にも邪魔されずに話のできる場所は？」

「それなら柿生の駅前に、おあつらえ向きの蕎麦屋が。店の女将が中学の同級生だから、頼めば二階の座敷を開けてくれるはず」

古橋は柿生駅からバスで来たという。三人で車に戻り、駅前の蕎麦屋へ向かう。二階の座敷を開けてもらうと、親父さんは女将と話があると言って、自分だけ下に降りた。古橋と上嶋悦史の関係を確認するためだ。やがて座敷に上がってきた警視は、本当に同級生だったよ、と綸太郎に耳打ちした。

「だから偶然だと言ったでしょう」

古橋はしれっと言ってのけると、こちらの出方をうかがうように、

「それより狛江市の事件は、おかしな具合になってるみたいですね。仄聞《そくぶん》するところによれば、本庁に特別捜査本部を設置して、共犯の男を指名手配したとか」

「楢崎翔太のことか。どこぞのお節介が四谷の事故情報を漏らしてくれたおかげで、こっちはずいぶん迷惑してるんだがね」

「それに関しては水に流してくれませんか」古橋は頭を下げた。「余計なことをしたのは認めます。でも捜査妨害とか、そういう意図はこれっぽっちも。あの時はこっちもパニクって、正常な判断ができなかったものだから」

「よく言うよ。雲隠れして、呼び出しに応じなかったくせに」

「雲隠れなんてとんでもない。実は芹沢沙絵の兄が自殺したという話を聞き込んで、その裏を取っていたんです。法医学的に珍しいケースだったらしくて、渡辺妃名子がその真似をした可能性もあるんじゃないかと踏んだんですが」

「法医学的に珍しいケースというと？」

綸太郎が口をはさむと、古橋はもったいなさそうな顔をして、

「自絞死というやつですよ。首に巻きつけたロープの結び目に棒を通して自分の手でねじると、絞殺されたような索溝が生じる。その線で他殺に異議を申し立てる方針だったんですが、よりによって代理殺人の可能性を見落としていたとはね」

「保険会社にとっては、結果オーライじゃないか」と警視。「きみの調査が空振りだとわかっても、必要経費ぐらいは出してくれるだろう」

「空振りだったとは思いませんね。あくまでも結果論になりますが、私が芹沢沙絵に接触しなければ、渡辺だって尻尾は出さなかったでしょう。微力ながら真相解明に貢献したわけですから、リークの件もどうか穏便に――」

階段に足音がして、古橋は口をつぐんだ。恰幅《かっぷく》のいい女将が座敷に現れ、地元のゴシップに目がなさそうな興味津々の面持ちで、三人前の上天ざるを卓に並べる。古橋は警視の顔色をうかがいながら、いいから早くと追い払うしぐさをした。


「ごゆっくりどうぞ」

女将が去ると、法月警視はぱちんと箸を割って、

「きみが何と言おうと、水に流すわけにはいかないな。その気になれば都の公安委員会に通知して、探偵業法に基づく行政指導を求めることもできる。それがいやならこっちの頼みを聞いてほしいんだがね。上嶋務と兄の悦史について、話を聞かせてくれないか」

「取引を持ち出すなら、事情を説明してくれないと」古橋は肩をすくめるようにして、やんわりと抗議した。「手持ちの事件で忙しいはずなのに、どうして上嶋の自殺に関心を持つのか、さっぱり理解できないんですが」

「質問できる立場じゃないだろう。きみの話が先で、説明は後だ」

親父さんは譲らない。古橋はしばらくの間、がまん比べみたいに警視の顔をにらみ返していたが、ついに根負けして、

「わかりましたよ。首を縦に振らないと、せっかくの蕎麦が台無しだ。そっちの質問に答えたら、穏便にすませてくれるんでしょうね」

「悪いようにはしない」と警視は請け合って、「さっきは弟の方が付き合いが深いと言ってたが、大学を出てからもその付き合いは続いているのか」

「ええ。学生時代から気のおけない先輩後輩で、同期の連中とはすっかり疎遠になったのに、あいつとは縁が切れないな。根が生真面目な男だから最初は取っつきにくいところもあったんですが、いちど打ち解けると気のいいやつでね。お互い独り身のせいか、今でもこっちが飲みに誘ったら、たいてい付き合ってくれますよ。最近だと、ちょうどひと月前かな。珍しく向こうから声をかけてきて、日曜の朝まで小説の話で盛り上がって」

「じゃあ、兄の悦史ともよく会っていた？」

古橋は海老天をほおばりながら、首を横に振った。悦史とは高校が別で、もともとそんな親しくなかったし、かれこれ十年近く顔を見てないという。

「上嶋は中学の時から出来がよくてね。高校も進学校で、東京の有名大学にストレートで合格したから、ボンクラの自分とは月とすっぽんですよ。地元の大学で弟の務と知り合って、妙に馬が

合ったのも、向こうにしてみれば、出来のいい兄貴にコンプレックスがあったせいで、すっぽんのエキスが余計に身にしみたんじゃないですか」

親父ギャグの範疇だが、言いたいことはわかる。警視は眉を上げて、

「そんなに親しくない相手なのに、どうしてわざわざ焼け跡に線香を？」

「心残りとは言いませんが、この歳になると、いろいろ思うところがありましてね。上嶋はプライドが高すぎて、一流企業に就職したのにうまく行かなかった。会社を辞めて実家に戻ってるというんで、同窓会めいた集まりに何度か誘ったことがあるんです。弟が心配してこっちに相談してくるから、昔のよしみで力になってやろうと思ったんですが、そのたびにすげなくされて、それでまあ、こっちも手を引いたというか」

「すると上嶋務は、実家でくすぶっている兄の身を案じていたのか」

「ええ、まあ最初の数年だけは」

と古橋は言った。初めは兄に同情的で、実家でもずいぶん気を遣っていたらしい。せっかくいい大学へ行ったのに、一度つまずいたぐらいで人生を棒に振るのはもったいない。そろそろ社会復帰したら、と説得を重ねていたけれど、何を言ってものれんに腕押しで、とうとう匙を投げてしまったという。

「身も蓋もない話、プライドの高い上嶋が耳を貸すわけがないんですよ。弟の方だって、先生になってから兄貴以上に苦労してるのにね」

「そうなのか？　非常勤講師で、趣味で小説を書いているという話だが」

「それは最近になってからですよ。もともとフルタイムの正規教員だったんですが、担任のクラスでいじめがあったそうで。ストレスで体を壊して参っていた時期に、数年前からほとんど口を利かなくなっていた兄貴が、よせばいいのに、弟の神経を逆なでするようなことを言ったらしい。それでもう完全に兄弟の縁を切ると……。親父さんが亡くなる前の年だったと思いますが、あれであいつもかなり吹っ切れたんじゃないかな」

「五年前、ということか」

警視が念を押すと、古橋はクロールの息継ぎのように蕎麦を呑み込んで、

「ですね。父親が倒れた時も兄貴は知らん顔をしていたそうで、そうなるともう、赤の他人より始末に負えない。いちばん気の毒なのは、上嶋のおふくろさんでしょう。自慢の息子が落ちこぼれてしまったのは、自分の育て方が悪かったせいだと気に病んで、何から何まで長男の言いなりになっていたらしいんです」

「弟の方は、母親の対応について何と？」

「もういい歳なのに、いつまでも兄貴の奴隷になってるのを不憫《ふびん》がってね。最近、妙な新興宗教にのめり込んで、歯止めが利かなくなっているとよくこぼしていたな。下田に嫁いだ姉さんと、母親の今後についていろいろ相談していたようですが、実家に長男が居座っている限り、おふくろさんは梃子でも動かない。いっそのこと兄貴がいなくなれば、母親も目が覚めて、変な信心と

も手が切れるのにと。だから死んだ上嶋にはすまないが、今度のことであいつがほっとしている
としても——」

「責める気にはなれないか。焼け出された母親は、今どうしているのかね」

「下田の姉さんのところに、仮住まいだと聞きましたが」

「なるほどな」

食後の一服に火をつけながら、警視がこっちを見る。綸太郎はうなずいて、

「それなら十分動機になりますね。家ごと焼き払ってしまったのも、信心から引き離すための強硬手段と見れば腑に落ちる」

「おいおい、ちょっと待ってくれ」

聞き捨てならないというように、古橋が身を乗り出して、

「どういう意味だ。上嶋が死んだのは、弟のしわざだと言ってるみたいじゃないか」

「正確にはそうじゃない。上嶋務には兄殺しの動機があるけれど、出火した時刻には立派なアリバイがあった。だから文字通り、彼のしわざとは言えないが——」

「当たり前だ」

ここまで自分を抑えてきたが、初対面の綸太郎の言いぐさにかちんと来たようだ。古橋は半ギレのきつい口調で説明をさえぎって、

「神奈川県警は上嶋の自殺と判断して、捜査を打ち切った。外野のアマチュア探偵に、あいつの

家庭のことをとやかく言われる筋合いはないよ」

「せがれをかばうわけじゃないが」と警視が加勢した。「消防の担当官は放火の疑いも捨てきれないと言っている。自殺と決めつけるのは、時期尚早だろう」

「だからといって、あなたも口を出す権限はないはずだ。こんなところで油を売ってる暇があったら、さっさと妃名子殺しの共犯を捕まえたらどうですか。話せと言うからそうしたけど、何でこんなことに付き合わされているのか、さっぱりわからない」

「意外と鈍いところがあるんだな。さっきからずっとその話をしてたんだが」

「はあ?」

「まあいい、これから話すことはオフレコにしてくれないか」警視は声を低くした。「もし放火殺人だとすれば、管轄ちがいだからといって見過ごすことはできない。狛江市の渡辺妃名子殺しに、きみの後輩が関わっている可能性があるからだ」

古橋は絶句した。見る見るうちに、顔から血の気が引いていく。

それでもその道のプロである。呑み込みは早かった。

「——まさか。渡辺清志と組んで、交換殺人を仕組んだと?」

「そのまさかさ。楢崎翔太も加えた三人がかりの交換殺人だがね。きみの話を聞いて、ますますその確信が深まった」

「そんな馬鹿な」古橋はかぶりを振った。「私もこういう商売だ、交換殺人が絵空事だとは言いません。でも自分の身近で、よりによってそんな偶然が」

「それはきみ個人の問題だよ。たまたまきみの仕事とプライベートがかち合っただけで、われわれにとっては、捜査の手間を省くのに有効なコネクションのひとつにすぎない」

警視は鼻の頭をこすりながら、悠然とタバコの煙を吐き出して、

「そこであらためてきみに頼みたいことがある。上嶋務と接触して、彼の指紋を手に入れてくれないか？　三人目の共犯者の指紋を押さえているんだが、今の段階では大っぴらに動けなくてね。大学時代からの長い付き合いなら、怪しまれずにできるだろう。もちろん、四谷の事故のリークの件は水に流すと約束する」

警視の申し出に、古橋は不快そうに眉をひそめて、

「自分の身を守るかわりに、後輩を警察に売れと？」

「まだ彼が犯人と決まったわけじゃない」警視はなだめるように言った。「指紋が一致しなければ、彼の容疑は晴れる。無実を信じているならなおのこと、先輩として一肌脱いでやったらいいじゃないか」

第四部

10　キングを探せ

ムーン　というと？
バードブート　見かけを信じちゃいけないってことだよ、ムーン。
ムーン　なに言ってるのかわからないね。頼むから、こっちへ来てかけてくれ——チョコレート食って——気楽にいこう——連中がなにもあんなふうにきみを——
バードブート（肩ごしに見て）ぼくがいないとトランプの人数が足りない——
——トム・ストッパード「ほんとうのハウンド警部」

「ご所望のものを手に入れましたよ」
法月警視の携帯に連絡が入ったのは、一日おいた勤労感謝の日。昼休みに本庁を抜け出して日比谷公園へ歩いていくと、ペリカン噴水の前で古橋が待っていた。

「休日出勤、ご苦労さまです」

言わずもがなの挨拶をしてから、持参した紙製のファイルケースをよこす。蓋を開けて中をのぞくと、開封されたペーパーおしぼりの包装フィルムが入っていた。

「ありがたい。これでリークの件は帳消しにしてやる」

「礼は言いませんよ」古橋はズボンのポケットに両手を突っ込んだ。「令状も本人の同意もなしに被疑者の指紋を採るのは、違法捜査なんじゃないですか」

「これはちがう。民間人であるきみが、自発的に提供してくれたものだから」

「自発的が聞いてあきれる。まあ、いいんですけどね。たぶん、そっちで押さえてる指紋とは一致しないはずですから」

万事解決済みのような余裕の口ぶりに、警視は不審を覚えた。別人の指紋を持ってきたんじゃなかろうなと釘を刺すと、古橋はかぶりを振って、

「そんな小細工はしませんよ。狛江市の事件とは無関係だとたしかめたので」

「本人にばらしたのか？　あれほどオフレコだと言ったのに」

「まさか、素人じゃあるまいし」古橋はにやりとした。「きのう上嶋弟を飲みに誘って、四方山《よもやま》話《ばなし》をしたんですけどね。月曜の夕方でちょうどよかった。あいつの勤務先の中学の、月曜日の授業が五校時までなのはご存じですか？」

「もちろん。上嶋務は非常勤なので、放課後は拘束されない。授業がすんでから二時半までに学校を離れれば、狛江市での犯行は余裕で可能だ」

「ところが、そうは問屋が卸さない」

古橋は背広のポケットから三つ折りのミニパンフレットを取り出して、空いている警視の手に押しつけた。武蔵小杉の駅前にあるスポーツジムの入会案内で、ツルツルしたコート紙にカラー印刷が施されている。

「これは？」

「あいつはそこのジムの会員なんです。非常勤になると部活の顧問とかがなくなって、運動不足になりがちだ。家から出ない兄貴がぶくぶく太ったのを見ているから、余計にメタボ対策を痛感したんでしょう。毎週月曜日、五校時の授業が終わった後、帰り道にジムに寄って、三時から四時まで一時間、みっちり汗を流すことにしていると」

「月曜日の三時から四時まで？」

警視の胸がざわついた。渡辺妃名子の死亡推定時刻である。

「その話を聞いたんで、さっそく今日の午前中、武蔵小杉までジムの見学に」

「ひょっとして、アリバイを調べにいったのか」

「民間人である私が、自発的にね。インストラクターの女性がずいぶん親切な人で、友人の紹介だと言って名前を出したら、三週間前の月曜日も、上嶋がいつも通りの時間にジムに来ていたことを教えてくれましたよ」

啞然としている警視をその場に残し、古橋は手を振りながら立ち去った。

§

「――それで、指紋の照合結果は?」

その夜。万策尽きて家に帰ると、綸太郎が冬場の静電気のようにまとわりついた。妙にテンションが高く、矢継ぎ早に質問してくるので、今夜はいちいち癪に障る。

「だから、古橋の言う通りだったよ」

着替えるのも億劫で、背広のままダイニングテーブルの定位置に坐り込んだ。ネクタイを弛《ゆる》めても、首を締めつけられる感じが去らない。鑑識技官との実のないやりとりを思い返しながら、警視はあらためて口を開いた。

「包装フィルムの指紋は、カードの未詳指紋と一致しなかった」

「後輩をかばうため、別人の指紋を渡した可能性もありますが」

「いや、あいつもそこまで馬鹿じゃない」

古橋には黙っていたが、上嶋務にはすでに尾行をつけてある。昨晩、溝の口の居酒屋で二人が酒席を共にしたこと、上嶋が開封したペーパーおしぼりの包装フィルムを古橋がこっそり回収したことも、部下の報告で朝から把握済みだった。

「尾行に勘づかれたんじゃないですか？」

向かいに腰を据えると、綸太郎は重箱の隅をつつくように、

「自分の指紋がついたやつとすり替えたのかもしれませんよ」

「そんな小細工をしてもすぐばれる」警視は辛抱強く答えた。「向こうの言うことを、完全に信用していたわけではないからな。スポーツジムのミニパンフから古橋の指紋を採取して、包装フィルムの指紋と突き合わせた。万一の場合を考慮してカードの未詳指紋とも比べてみたが、どちらも全然ちがっていたよ」

「抜かりがないですね。月曜日のジムのアリバイは？」

「古橋の話を聞いてすぐ、久能警部をジムに行かせた。口惜しいが、あいつが有能な調査員であることを認めざるをえないな。従業員の証言と来館履歴データから、十一月一日の午後三時から四時までの間、上嶋務が武蔵小杉のジムにいたことが証明されたのでね。だから、渡辺妃名子を殺害することは不可能だ」

「なるほど。指紋とアリバイの、ワン・ツー・パンチか……」

綸太郎のまなこが錆《さ》びたように曇り、上の空な表情になる。

さすがにぐうの音も出ないようだ。警視はため息をついて、

「三歩進んで二歩さがる。三人目の共犯は上嶋で決まりだと思ったんだが、これでまた一から出

直しだな」

綸太郎の反応はなかった。

無意識にタバコを口にくわえていたが、思い直してそのまま箱へ戻した。今夜はこれ以上、話すことがない。手配中の楢崎翔太の身柄を押さえるか、過去三週間分の事件ファイルをもう一度洗い直して、新たな目標を見つけるまでは。

風呂に入って寝るつもりで、警視はのっそりと腰を上げた。

「どこへ行くんですか、お父さん？　ぼくの話がまだなのに」

「——あ？」

よろけないようテーブルに手をつき、息子の顔をのぞき込んだ。上の空だった表情は元に戻っているけれど、それでどうにかなる問題ではない。

「今さらおまえの話を聞いて、どうするというんだ。たらればの話をいくら並べたって、ジムのアリバイは否定できないんだからな」

「あきらめるのはまだ早い。ぼくはまだ望みを捨てていませんよ。もちろん、Q・2のアリバイまで確保しているとなると、軌道修正の必要はありますが」

「軌道修正だと？」

のどから声を絞り出すと、綸太郎はなにくわぬ顔で、

「念のために聞きますが、上嶋務が通っていたジムに渡辺清志、あるいは楢崎翔太が会員登録し

ていなかったか、名簿をチェックしましたか？」

期待がしぼんでいくのを感じながら、警視はちっと舌を打って、

「おまえに言われるまでもない。二人が同じジムの会員でないことは確認した。仮にアリバイがなかったとしても、そんなところで尻尾を出すものか」

「でしょうね」

「だったら何だ？　何が軌道修正だ」

「まあ、そうカッカしないで。お父さんに見せたいものがあるので、そこに坐って待っていてくれませんか」

引き止める暇もなく、さっさと席を立って自分の部屋に引っ込んだ。相変わらず言動が矛盾だらけだ。坐り直して、さっきのタバコにあらためて火をつける。

戻ってきた綸太郎は、大型のクリップで留めた紙の束をテーブルに置いた。いちばん上のページに大きなゴシック体で、真条睦敏『スタンドアローン』と印字されている。四センチぐらいの厚さがあり、数枚の付箋紙がはみ出ていた。

「何だ、これは？」

「わかりませんか」綸太郎は得意げに言った。「筆名はシンジョウではなく、マジョウ・ムットシと読ませるんでしょう。上嶋務のアナグラムですよ」

「じゃあ、これが九段社の新人賞に応募した小説か」

「ええ。一次予選を通過した彼の原稿を読ませてくれと、九段社の編集者に頼んでおいたんです。理由をでっち上げるのに苦労しましたが、会社の倉庫に保管してあるのが見つかって、今日の午後バイク便で届けてもらいました」

警視は原稿にタバコの煙をふうっと吹きかけて、

「指紋のサンプルなら、あっても仕方ないんだが」

「それはわかってます。物的証拠より書いた人間の性格がわかるんじゃないかと思って、彼の小説を読んでみたんです。お父さんの受け売りじゃないですけど、捜査の手間を省くのに有効なコネクションの活用というやつですよ」

「利いたふうなことを。で、こいつを読んだ感想は？」

「こう言っちゃ何ですけど、一次予選レベルですね。いじめが原因で自殺した少年の呪いとおぼしき状況で、十年後、当時の関係者が次々と不審死を遂げていく、というホラー仕立てのサスペンスなんですが――」

どこかで見たような話なのには目をつぶるとして、どうやら執筆の途中でプロットを大幅に変更したらしく、後から必死に辻褄《つじつま》を合わせようとしているけれど、あちこちにほころびが生じているという。しかも自分の知っていることを一から十まで書こうとして、筆の運びが停滞し、読んでいて全然怖くない。

「その通りだとしても、おまえに言われたくはないだろう」と警視は言った。「それより書いた人間の性格とやらについて、何か得るところはあったのか」

「いや、性格云々については何とも言えませんが」

肩をすくめるようなしぐさをしてから、綸太郎は真顔になって、

「もっと興味深い記述がありました。主人公は元中学教師で、教え子のいじめ自殺をきっかけに転職、現在はフリーの保険調査員になっているという設定なんです。たまたま担当した不審死を調べていくうちに、彼の行く先々で不可解な連続死が相次ぎ、かつての教え子の呪いのせいではないかと疑い始める」

「強引だな。自分と大学の先輩の経歴をくっつけたんだろうが」

「でしょうね。過去のいじめ編は自分の経験がベースで、十年後の連続死に関しても、本職の古橋から仕入れた保険の知識がかなり入ってるんじゃないかと思います。その中に、自殺による免責期間と告知義務違反の話が出てくるんですが」

「告知義務違反だって？」

オウム返しに問うと、綸太郎はにんまりしながら原稿をめくって、

「いじめ加害生徒の父親が十年後、事業の失敗で背負った借金を返済するため、保険金詐取目的で自殺する、というのが事件の発端《ほったん》でしてね。心労によるうつ病自殺を装うんですが、生命保険の加入前に心療内科に通院していたことを主人公の元教師が突き止めて、契約を無効にしてしま

う。ところが実はこれが替え玉殺人で、呪いに見せかけた連続死の黒幕も、加害生徒の父親だったというトンデモ展開になるんですけど」

「ん？　それで話の筋が通るのか」

「ほころびが生じていると言ったはずですよ。いずれにせよ、告知義務違反による契約無効の事例について、上嶋務が人並み以上の知識を持っていたのは明らかです。おそらく先輩の古橋から仕入れたネタだと思うんですが、狛江市の事件と似てるでしょう」

「どれ、見せてみろ」

老眼鏡をかけて、綸太郎が付箋紙を貼ったページを拾い読みする。聞きかじりの知識を補強するために、参考文献を引き写したのだろう。免責期間内に自殺したうつ病患者への保険金支払いを命じた判例や、精神疾患による自殺が告知義務違反に引っかかり、契約が無効になった事例などが、学術論文みたいな文章でだらだらと綴《つづ》られていた。

「たしかに、渡辺妃名子のケースとかぶってるな」

警視が認めると、綸太郎は次への合図のようにうなずいて、

「ですが、この小説が書かれたのは、狛江市の事件よりだいぶ前です。だとすると、渡辺清志が確実に保険金を手に入れるため、妻の殺害という非常手段を選んだのは、上嶋務から告知義務違反の話を聞き及んだせいだと考えられませんか」

「渡辺が上嶋から？」

「そうです。渡辺の妻と上嶋の兄は、いずれも広い意味での引きこもりですから、お互いの抱える問題を理解しやすかったのではないか。どういう経緯で知り合ったかは未知数ですが、そもそもこの二人が接触しなければ、妃名子と悦史に対して明確な殺意を抱くこともなかったかもしれません」

警視は目をつぶり、腕を組んで綸太郎の主張を吟味した。古橋という厄介者がまぎれ込んできたせいで、偶然と必然の連なりが見定めがたくなっている。それでも「孤立《スタンドアローン》」という題名の小説が、渡辺清志と上嶋務の密かな「連帯」を裏付けているという説には、単なる思いつき以上の説得力があった。

動機という面から見れば、妃名子殺しを実行した三人目の共犯者として、上嶋務ほど疑わしい人物はいない。心証だけなら完全にクロである。

しかし……。

「おまえの言いたいことはよくわかる」警視は慎重に口を開いた。「だが、やはりそれは机上の空論だ。月曜日のアリバイが確認された以上、上嶋務を三人目の共犯者と見なすことはできない。彼の小説にどんなことが書かれていようと、交換殺人とは無関係だ」

「本当にそうでしょうか?」

綸太郎は両手の指を組み合わせながら、落ち着き払った口調で、

「お父さんは見かけにだまされて、思考の枠を狭めてるんじゃないですか」

「そんなことはない。被害者は三人、犯人も三人。妃名子殺しに関与していなければ、上嶋務が三重交換殺人に加わる余地はない。渡辺清志は当然として、もうひとりの共犯者、楢崎翔太にも月曜の午後のアリバイがあることを忘れたか？」

「そこなんです」綸太郎の目が輝いた。「楢崎翔太が伯父殺しの夜だけでなく、妃名子殺しのアリバイまで確保したのは、あらかじめ交換殺人のシナリオを把握していたからでしょう？　だとすれば、上嶋務にも同じことが当てはまる。実家で火事が起こった日曜の朝といい、狛江市の事件が起こった月曜の午後といい、あまりにも都合よく時間を区切ったアリバイが成立しているのは、かえって不自然だと思いませんか」

「俺もそう思ったことは認めるよ。だがやはり、現実問題として――」

「その二件だけじゃないんです」

綸太郎は警視の言葉を乱暴にさえぎって、

「おととい、古橋が蕎麦屋で話したことを覚えていませんか。ちょうどひと月前、珍しく向こうから声をかけてきて、日曜の朝まで飲み明かしたと」

「そういえば、そんなことを言ってたが……」警視は眉を寄せた。「ひと月前の土曜日といったら、安斎秋則が練馬の自宅で殺された夜じゃないか」

「ビンゴ！　上嶋務は最初の事件が起こった夜も、大学の先輩を誘ってアリバイ証人を確保している。珍しくというところに、上嶋の作為が臭いませんか？　二件までならたまたまかもしれませんが、三つの事件をすべてカバーしているとなると、もはや偶然や幸運では片付けられない。あらかじめ共犯者の犯行日時を知ったうえで、絶対安全なアリバイをこしらえたと見る方がしっくり来ます」

共犯関係に基づく作為的なアリバイ？

法月警視の頭は混乱した。

「待て。おまえの言うことにも一理あるが、だからといって状況は変わらない。作為的であろうとなかろうと、上嶋務は三つの事件すべてにアリバイがある。カードの指紋に関しては何か見落としがあるかもしれないが、A・1、Q・2、J・3、いずれの事件でも、彼の犯行は物理的に不可能だ。どう転んだって交換殺人の共犯たりえないことは、火を見るより明らかじゃないか」

「事件が三つだけならね」綸太郎は平然と応じた。

警視はあんぐりと口を開けて、

「――何だと？　いま何と言った」

「実を言うと、前からなんとなく物足りない気がしていたんです。あまりにも馬鹿げた考えなので、ずっと頭から追い払っていたんですが……」

次の瞬間、綸太郎の手の中に、どこからともなく一組のトランプが出現した。

手品かと思ったが、タネも仕掛けもありはしない。さっき部屋に引っ込んだ時、原稿と一緒に取ってきたのを膝の間に隠していただけだろう。

息を詰めて警視が見守る中、綸太郎はテーブルにカードを並べていった。

♠A・♡A。

♠Q・♡2。

♠J・♡3。

そして――。

♠K・♡4。

「キ、キングだと!」

警視は思わず目をみはったが、綸太郎は涼しい顔で、

「いけませんか。四人目の共犯がいれば、上嶋務のアリバイは問題にならない。事件は三つで終わりではなく、四重交換殺人の可能性があるということです」

「四重の? 上嶋が三つの事件のアリバイを確保しているのは、四番目の犯行を割り当てられているからだというのか」

「それがもっとも自然で、論理的な解釈です」と綸太郎は言った。「上嶋務のアリバイには、明らかな作為がある。その作為が交換殺人のシナリオに基づいているとすれば、四人目の共犯の存在を認めるほかありません。彼を含めた既知の三人の指紋が、カードの未詳指紋と一致しないの

も当然でしょう」

「ううむ」警視は新しいタバコに火をつけ、長考モードに入った。

綸太郎が無言で立ち上がり、パーコレーターにコーヒーの粉と水をセットする。コポコポと湯気の立つ音を聞きながら、しばらくタバコを吹かしていたが、

「――ひとつ聞きたいことがある」

吸いがらを灰皿にねじ込んで、警視はおもむろに切り出した。

「押収したカードは、♠A・♡Aと♠J・♡3の四枚だけだ。仮に四人の人物が事件に関与しているとして、その場合、残りの四枚の組み合わせは二通りあるだろう。くじ引きの結果が、♠Q・♡4と♠K・♡2だった可能性も考慮すべきなんじゃないか？」

「いい指摘ですね」カップにコーヒーを注ぎながら、綸太郎が言った。「でも、その可能性はないんです。クイーンの妃名子が殺されたのは十一月一日。J・3の上嶋殺しがそれより後の十四日だから、Q・4になることはありえない。残りのカードの組み合わせは、♠Q・♡2と♠K・♡4で確定です」

「なるほど」

警視は納得して、出されたコーヒーをブラックで飲んだ。熱くて苦い。

「おまえの考えが当たってるような気がしてきた。先を続けてくれ」

「了解。ちょっと整理してみましょう」

綸太郎は抜け目なく、紙とペンを用意していた。時系列に沿って、交換殺人の容疑者と被害者の対応を表にまとめる。

1. 10月23日（土）渡辺清志（Q）→A安斎秋則
2. 11月1日（月）？（K）→Q渡辺妃名子
3. 11月14日（日）楢崎翔太（A）→J上嶋悦史
4. ？月？日（？）上嶋務（J）→K？

「上の名前が実行犯で、カッコ内は動機の対象です」

「矢印の先が殺害した相手か」警視はあごをなでた。「こうして表にすると、動機と犯行の対象がきれいにばらけているのが一目瞭然だな」

「人数が増えても、交換殺人は交換殺人ですから」

と綸太郎はしたり顔で言って、

「ちなみに数学の問題で、完全順列というのがありましてね。n人が参加したパーティでプレゼント交換する時、自分の出したやつが戻ってこずに、全員が自分以外の人からプレゼントをもらえる並べ換えのパターンは何通りあるか？　というのが典型的な出題例で、そのパターンの総数をnの部分階乗とか、モンモール数というんです」

「プレゼント交換？　いったい何の話だ」

「交換殺人の話ですよ。n人が関与する交換殺人でも、プレゼント交換と理屈は同じ――自分の殺したい相手に当たらないよう、くじ引きで実行犯と被害者を振り分けるわけですから、パターンの総数はモンモール数に等しい。計算式はややこしいので省略しますが、二人が関与する場合は一通り、三人の場合は二通りに限られる（＊註）。ただし四人以上の場合は注意が必要で、n＝4のモンモール数は9なんですが、その中に二人ずつの素朴な交換殺人でグループが二分されてしまうパターンが三通りあります。甲乙丙丁の四人なら、甲乙と丙丁、甲丙と乙丁、甲丁と乙丙のペアが別々に交換殺人を行うことになって、それだと四人が共謀するメリットがない。犯行が露見するリスクを分散するためにも、このパターンは避けたいでしょう。したがって四人が関与する交換殺人の場合、9マイナス3で、六通りのパターンが存在するわけですが……」

「蘊蓄《うんちく》の垂れ流しなら、よそでやってくれ」

せがれの長広舌を堰き止めると、警視は反論する暇も与えずに、

「話を戻そう。前におまえは、未詳指紋の持ち主がくじ引きの札をカットしたんじゃないかと言ってたな。もしそうなら、渡辺妃名子を殺した四人目の共犯者がグループのリーダー格である可能性が高い」

「でしょうね。くじ引きを提案し、カードを用意したのもそいつだと思います」

綸太郎の同意を得てから、警視はスペードのキングをつまみ上げ、

「共犯グループのリーダーは、Kで示される人物に殺意を抱いている。そいつの正体を突き止めればゲームセットだから、さしずめ敵のキングということだな」

「それだとトランプじゃなくて、チェスでしょう」と綸太郎は言った。「それに四人目の共犯者の手元にあるカードは、スペードのクイーンのはずですよ」

「細かいことを言うなよ。チェスでも将棋でも、最終的な目標は敵の王を詰めることだ。四人目の共犯者というより、キングと呼んだ方が張り合いがある」

「お父さんがそう呼びたいなら、それでかまいませんが」

まだ何か言い足りないふうだったが、綸太郎はいったん譲歩した。警視は犯行の対応表に目を戻して、

「差し迫った問題は、次の犯行がいつ起こるか、あるいはすでに起こってしまったか、ということだ。最初の事件と二番目の間隔はほぼ一週間で、二番目と三番目の間隔が二週間弱。曜日に注目すると、日曜の前後に犯行が偏っている。事件と事件の間に最低一週間のインターバルがあるとして、上嶋務には三日前、先週の土曜の夜からずっと尾行をつけているんだが」

怪しい動きはなかったと告げると、綸太郎は即座にかぶりを振って、

「事件と事件の間隔は、参考になりません。犯行日時の選択は動機を持つ人物のアリバイと、実行犯が自由に動ける日をすり合わせた結果ですし、上嶋悦史殺しの場合、被害者の誕生日と同居の母親の習慣も計画に組み込まれている。犯行に必要な条件がわからなければ、四番目の事件が

いつ起こるか、推測することはできません」

「――弱ったな」当てがはずれて、警視は頭を掻いた。「すでに四人目が殺されている可能性もゼロではないということか」

「ええ。神奈川県警は悦史の事件を自殺で処理したぐらいですから、弟の行動を厳しくマークしていたとは思えない。非常勤講師なら時間はいくらでも融通できるし、平日の昼間の犯行だって不可能ではないでしょう」

「そうだな。だったら、まず先週の事件記録を洗い直すのが先決か。十五日月曜から二十日土曜までに発生した不審死の事案を、都内と神奈川県中心にチェックしてみよう。Jの事件を絞り込んだように、イニシャルがKの被害者をしらみつぶしにしていけば、犯行の有無が確認できるはずだ」

「だといいんですが……。必ずしもそれでうまく行くかどうか」

急にメッキがはげたような頼りない声で、綸太郎がつぶやく。

拍子抜けした警視が理由をたずねると、ばつの悪そうな表情で、

「最初にことわっておくべきでしたが、スペードのキングを選んだのは、あくまでも蓋然《がいぜん》性の高い第一候補で、それ以外の可能性を否定するものではないんです。エースとジャックに関してはたしかな物証があるし、渡辺妃名子をクイーンに見立てるのも、あながちこじつけとは思いません。でも、A・Q・Jがそろっているからといって、四枚目のカードがKであるという保証はな

い。むしろお互いに無関係な被害者の頭文字が、そんなに都合よく並んでしまう方が不自然です。四人目の被害者の属性いかんによっては、スペードの2から10のどれかだとしても、何ら不都合は生じないんですよ」

「なるほどな。それでキングという呼び名に消極的だったのか」

「まあ、そういうことです」

「それでも、イニシャルがKの人物を優先的にチェックすべきだろう。だって連中は、わざわざくじ引きにトランプを使ってるんだから。妃名子のQは別として、A・K・Jのイニシャルがそろうのは、確率的にありえないことじゃない。それにこういう大それた犯罪を企てる人間ほど、偶然の符合を真に受けて、妙なところで験を担ぎたがる傾向がある。少々こじつけでも、エースと絵札に統一してしまうのが人情というものだ」

「だとしたら余計にね」

綸太郎は伏し目がちに頭をめぐらせて、

「妃名子の妃をクィーンに見立てたように、イニシャル以外の属性をキングの札に当てはめた可能性が増すのでは？」

「それならそれで王という名前や、十三と縁の深い人物も洗ってみるさ」

警視は強がってみせたが、息子の懸念が的はずれでないことを認めざるをえなかった。上嶋務がすでに犯行を終えていたとしても、J・3の事件でうまく行ったように、四人目の被害者を特定できるかどうかわからない。最悪の場合、犯行の有無すら見定められない状態で、手詰まりになってしまうこともありうる……。

だが、と警視は思い直した。物事には明るい面もある。

「逆に四番目の犯行がまだだとすれば、こっちに分があるぞ。上嶋務は今この瞬間も、二十四時間態勢の監視下に置かれているんだから。待てば海路の何とやらで、彼が犯行に及んだら、殺人未遂の現行犯で逮捕できる。仲間に義理立てして完全黙秘しても、被害者の身辺を探れば、自動的にキングの正体が割れるはずだ」

「――株を守って兎を待つ結果にならないといいんですが」

綸太郎のつれない反応に、警視は顔をしかめて、

「待ちぼうけになる可能性があると言いたいのか」

「ええ。四番目の犯行がまだだとしても、不安材料があります。古橋が余計なことをしてくれたおかげで、渡辺清志の死亡情報が漏れてしまったし、楢崎翔太の消息も不明のままです。指名手配されていると知ったら、共犯者に警告を発してもおかしくない」

「楢崎が上嶋に？」

「それぐらいの仲間意識はあるでしょう。交換殺人の計画を嗅ぎつけられた可能性があると知ったら、上嶋務が独断で四番目の犯行を無期延期することもありうる。もしそうなれば、二十四時間の監視態勢を取り続けても、キングの正体はつかめませんよ」

「八方ふさがりだというのか?」警視は頭を抱えた。「いや、まだ手の打ちようはある。上嶋務に揺さぶりをかけてやろう。やつをしょっぴいて、口を割らせれば」

「いや、それはまずいですよ。今のところ、具体的な証拠は何もないんだから。事件への関与を否定されたら、それ以上追及する材料がありません」

「たしかにおまえの言う通りだが。かといって、ほかに打つ手があるか」

「こちらにも有利な点がないわけじゃない。仮に上嶋務が何らかの警告を受けているとしても、現時点ではまだ自分が警察にマークされているとは思ってないはずです。その油断を利用して、キングと接触せざるをえないような状況に追い込めば……」

「しかし、どうやって?」

綸太郎はスペードのキングを手に取って、王様の顔をじっと見つめた。

それからジャックのカードに視線を移し、突き刺すような声で言った。

「ひとつ試してみたいことがあります」

＊註　n個の要素からなる完全順列の総数(モンモール数)D_nを求める式は、

$$D_n = n!\left(1-\frac{1}{1!}+\frac{1}{2!}-\frac{1}{3!}+\frac{1}{4!}-\cdots+(-1)^n\frac{1}{n!}\right)$$

で表される。

11　りさぴょん

「恐れながら、陛下」とジャックがいいました。「私は書きませんでした。私が書いたと証明もできません。最後に署名がありません」

「おまえが署名しなかったとすると」と王様はいいました。「いっそう立場が悪くなるだけだぞ。おまえは、はじめから、何か悪事をたくらんでいたのだ。でなければ、正直な人間らしく、ちゃんと署名をしたはずだ」


――ルイス・キャロル『不思議の国のアリス』

十一月二十五日、木曜日。

五校時の授業を終えたりさぴょんは、通勤用の原付に乗って職場を後にした。駅前スーパーの書店で雑誌を立ち読みしてから、小杉町のマンションへ帰る。

カネゴンとの約束の日まで、あと四日。神経過敏になっているせいか、ここ数日、いつも誰かに見張られているような気がして落ち着かない。原付での行き帰り、無意識にバックミラーを確認する回数が増えている。疑心暗鬼になりすぎるのはよくないとわかっていても、緊張が解けるのはマンションの自分の部屋だけだった。

エントランスの集合ポストを開けると、ダイレクトメールに混じって速達の郵便が届いていた。ありふれた封筒に下手くそなボールペンの字で、住所と宛名が書いてある。横浜の消印で、差出人の名前はなかった。

〈503　上嶋務〉

封筒の中に硬い名刺のような手触りを感じ、りさぴょんは胸騒ぎを覚えた。自分の部屋へ持って上がり、ドアをロックしてあわただしく封を切る。逆さにして振ると、折りたたんだ手紙と一緒に、トランプが一枚落ちてきた。

自転車のサドルにまたがった二人の天使。バイスクルのライダーバック。

落ちた札を表に向けると、スペードのジャックだった。

――イクル君？

思わずかぶりを振った。心臓の鼓動が速くなり、体中から汗が噴き出す。

何度も深呼吸してからおそるおそる紙を広げると、プリンタで印字された文字がびっしりと並んでいた。

万一に備えて、こっちの名前は書かないでおく。同封したカードを見れば、俺が誰だかわかるはずだ。もう一枚のカードは、あっちへ送った。

事態はあれからどんどん悪化している。交通事故で死んだQの旦那と、俺の関係がばれてしまったようだ。俺は指名手配されてるらしい。東長崎のマンションはもちろん、富士見台の伯父の家にも見張りがついていた。あんたの兄さんをアレしてしまった後だから、今さら自首したって罪は軽くならないだろう。放火殺人は罪が重いらしいから、俺だけ死刑になるかもしれない。そんなのはイヤだ。

今は都内を離れて、ネットカフェなんかを転々としてる。逃げられるだけ逃げるつもりだが、足がつくからケータイもカードも使えない。手持ちの現金も底をついてきた。昨日はホームレスみたいに公園で寝たけど、節約してもあと二、三日が限度だと思う。そこで頼みがある。大至急、カネを送ってほしい。

言っとくけど、これは脅迫じゃないからな。だって、俺たちは同じ船に乗り合わせた仲間だろ？　逃走資金がなくなれば、いずれ警察に捕まる。仲間を売るような真似はしたくないが、キツい取り調べを受けたら、あんたたちの名前も吐いてしまうだろう。そうなる前にまとまった現金が手に入れば、外国に高飛びできる。あんたたちの素性はまだばれてないから、俺さえ捕まらなければ、警察に目をつけられることもない。俺たち三人にとって、それがベストな解決法だ。

必要な額はひとり頭、現金で五十万。一回こっきりで、次はない。

受け渡しには新宿駅のキーレスロッカーを使う。二十七日土曜日、かさばらない荷物に偽装して、ＳｕｉｃａかＰＡＳＭＯ対応のロッカーに預けてくれ。ネットオークションの経験があれば、要領はわかるだろう。小銭の持ち合わせがないかもしれないので、暗証番号じゃなく、カード方式で（適当な額をチャージしておくこと）。

現金を預けたらカードとロッカー番号を記したレシートを封書にして、狛江市中和泉×丁目××、渡辺清志宛てに郵送してくれ。俺が自分で郵便受けから回収し、その足で新宿駅へ向かう。Ｑの家は無人だし、俺を追っている警察だってまさかそんなところに現れるとは思わないはずだ。いい考えだろ？

注意。ロッカーの使用期限は三日間だ。カードとレシートが月曜の夕方までにＱの家に届かなかったら、その時点であんたたちの素性を警察に知らせる。どちらか片方だけでもアウトだ。両方そろわなければ、連帯責任で二人の名前をばらす。

カネさえ受け取れば、絶対に裏切らないと約束する。

だからくれぐれもよろしく頼む。


めまいがした。

頭の中が煮えくり返るようになって、何が書いてあるのかさっぱりわからない。いや、文章自体の意味はわかるのだが、電波系の怪文書みたいに支離滅裂な内容としか思えなかった。それでも必死に文字を追い、かろうじて最後まで読み通す。

——最悪の事態だ。

ようやく理解が追いついて真っ先に意識したのは、口の中がカラカラに乾いていることだった。熱砂をほおばったような渇きに五感を乗っ取られ、それ以外の思考と感情が蒸発しそうになる。りさぴょんは震える手で冷蔵庫の扉を開き、ペットボトルのコーラを引っぱり出してラッパ飲みした。

「プロジェクトの成功を祈って」

「乾杯!」

カネゴン、夢の島、イクル君……。

コーラの味が呼び水になって、結団式の記憶がフラッシュバックした。炭酸が逆流して鼻の粘膜を刺激し、焼きつくような痛みが走る。口の中のコーラを全部吐き出しそうになったが、手で鼻と口をふさいでどうにかこらえた。

立て続けにげっぷをしながら、鼻から垂れたコーラと目の下の涙を拭う。

ヒリヒリした炭酸の刺激で、やっと判断能力が戻ってきたように感じた。自分の手で射精した直後みたいに、頭にこもった熱が引いて、気持ちが落ち着いてくる。

これも一種の賢者タイムみたいなものか。

そう思うと、急に笑いがこみ上げてきた。

状況は最悪だが、まだ望みはある。向こうの思い通りにはさせない。こんな卑劣な手紙を送ってきたことを後悔させてやる。りさぴょんはコーラの残りを流しへぶちまけ、空になったペットボトルをごみ箱に放り込んだ。

資源ごみのペットボトルは、イクル君の担当だった……。


「なんだ、今日はオッサンばっかしかよ」

というのが、イクル君の第一声だった。へらへらした薄っぺらい若者で、こいつとは話の接点がなさそうだなと思ったのを覚えている。まさかそんな相手と同志の誓いを立てることになるとは、想像もしなかった。

九月の第二日曜日、多摩川のごみ拾いイベントで同じ班になった日のことだ。

班の構成は、可燃ごみ担当のカネゴン。

不燃ごみ担当の夢の島。

資源ごみ担当のりさぴょん（紙・段ボール・プラスチックごみ）とイクル君（ビン・カン・ペットボトル）。

「カネゴン」はカエル、「夢の島」はコアラ、「りさぴょん」はウサギ、「イクル君」はイルカをイメージした分別キャラクターだ。班単位で分担を決め、拾う段階で分別しておけば、ゴール地点で大量のごみを仕分けする手間が省ける。イベントを主催するＮＰＯスタッフから渡されたキャラ別ステッカーが、それぞれの名札がわりになっていた。

四人ともその日が初対面で、名前も知らない他人どうしだった。

「類は友を呼ぶということさ」

ひとりでも見知った顔がいれば、カネゴンはあんなことを言い出さなかっただろう。しがらみや後腐れのなさが、潜在的な殺意――「誰にだって、目ざわりな人間のひとりやふたりはいるらしい」――を共有するための前提だった。運命ではなく、確率の問題だとしても、お互いにまったく接点のない四人の男が顔をそろえた時点で、もはや別の道は選べなくなっていたのかもしれない。

りさぴょんが日曜日のボランティア活動に駆り出されたのは、勤務先の中学の生物部員を引率するためだった。生物部顧問の村川《むらかわ》教諭がぎっくり腰で動けなくなり、急遽《きゅうきょ》ごみ拾いイベントに参加する生徒たちの監督代行を任されたのである。

非常勤講師のりさぴょんに、部活動の監督や休日出勤の義務はないのだが、理科主任の村川には日頃から世話になっていて、頭が上がらない。

「集合解散時の点呼だけ取って、あとは生徒の自主行動でいいから」

と頼まれると、むげに断れなかった。ピンチヒッターを引き受けたのは、ごみ拾いイベントなら新人賞に応募する次の小説のネタに使えるかも、と思いついたせいもある。

現地での集合時刻は、午前十時。主催者によるオリエンテーションの後、班分けの人数調整が行われ、りさぴょんは生徒たちと別行動を取ることになった。

受付のテントでウサギのステッカーをもらい、軍手・ポリ袋・金属製トングの三点セットを携えて、個人参加者の待機場所に合流。スタッフの指示で新しい班に組み入れられたが、その際あらためて名前や所属を記録されたりはしなかった。

「初参加で、要領がわからないんだが……。今日一日よろしく」

コアラのステッカーを手にした男が、りさぴょんに挨拶する。

それが夢の島だった。会社の経営方針で、ボランティア活動への参加が社員のノルマになっているそうだ。社名入りのグループでエントリーしていたが、集まったメンバーが社内合コン気分の独身社員ばかりなので、人数調整を口実に抜けてきたという。

「社内恋愛はもうこりごりなんでね」

こっちが聞いたわけでもないのに、夢の島は自嘲的に言った。なにげなく目をそらしてふっとため息をつくしぐさが、自分の母親に似ているとりさぴょんは思った。

カネゴンとイクル君は、最初から個人エントリー組だった。場慣れした様子から、二人ともボランティア経験者だとわかる。

第一声のオッサン発言からして、イクル君はナンパ目的を隠す気がなかった。この手のイベントは、彼氏のいない女子大生やフリーター女子の参加者が多く、野外で汗を流した仲間意識も作用して、ナンパの成功率が高いらしい。打ち上げの飲み会が目当てで、前に付き合っていた彼女とも別のイベントで知り合ったという。

ネットの告知で動員数の多そうなイベントを選んだはいいが、自分より年長の男ばかりの班に回されて、一気にモチベーションが下がってしまったようだ。スタートの合図とともに、イクル君は不平を洩らし始めた。

「りさぴょんとイクル君で、リサイクルだってさ。ダサいネーミングだよね。可燃ごみでカネゴンっていうのも安易だし、円谷プロから訴えられるんじゃないの」

カネゴンは無言で肩をすくめた。

イクル君がぼやくのも無理はない。かなりデフォルメされてかわいい感じになっているけれど、元のデザインはレトロな特撮怪獣の流用だった。非営利組織のキャラクターだから、お目こぼしを受けているのだろうか。

「へえ、可燃ごみだからカネゴンか」

夢の島は言われるまで気づかなかったらしい。自分のステッカーを再確認して、

「燃えないごみが夢の島なのは、あそこが昔ごみの埋め立て地だったせいなんだろうな。だとしても、コアラの絵になってる理由がわからない」

「夢の島にはユーカリの林がある」とりさぴょん。「初めてコアラが日本の動物園に来た時、飼

料にするために植えた名残で、今でも夢の島公園の名物になっている」

「詳しいんだな。真面目そうだし、学校の先生か何か？」

カネゴンに図星を指されて、りさぴょんはうなずいた。

カネゴンは不思議な男だった。彫りの深い顔だちに、日焼けした肌。四十は越しているだろう。四人の中では最年長で、自然とリーダー役を務めていた。所作に無駄がなく、ごみの分別に慣れている様子を見ると、こういうイベントにはよく参加しているようだが、ボランティア活動に身を捧げているという感じでもない。

何かほかに目的があって、同じ班の仲間を品定めしているような雰囲気もあった。そういえば保険の調査員をしている大学時代の先輩から、夢の島公園がゲイ男性のハッテン場になっているという話を聞いたことがある。イクル君とはちがう目線で、カネゴンも白昼堂々、ナンパの相手を探しているのではないか？　ふとそんな考えが脳裏をよぎったが、りさぴょんの想像は見当はずれだった。

「さっきちらっと聞こえたが、社内恋愛でしくじった経験でも？」

小一時間ほど作業を進めたところで、カネゴンが話題を振った。地面に気を取られていたせいか、夢の島は無防備な口調で、

「ん？　ああ、今の女房がそれでね。ビニール傘は不燃ごみか？」

「骨の金属部分は不燃ごみだ」とカネゴン。「ビニールがはずせたらこっちにくれ。今の女房っ

てことは、社内不倫か」

「あんた、ずいぶん察しがいいな」

夢の島は苦笑いした。傘の骨をへし折りながら、またため息をついて、

「本気ではなかったのに、タイミングが悪かった。気の迷いで再婚したのがまちがいだったんだろうな。心の病気というやつで、家から出られなくなってしまってね」

「家から出られない？」りさぴょんは思わず口を出した。「あんたの嫁が？」

「そうだよ。話すと長くなるんだが――」

そこからは一気《いっき》呵成《かせい》だった。青空の下で一緒に体を動かしていると、見ず知らずの相手でも、おのずと連帯感みたいなものが生まれてくる。その日限りの仲間だからこそ、普段はしっかり閉じている心の蓋がゆるんでしまうのかもしれない。

後から思えば、それがカネゴンの狙いだった……。


四人がかりの交換殺人という芝居がかった計画を、カネゴンが初めから意図していたかどうかはわからない。むしろ当初は、眼鏡にかなう共犯者を一本釣りするため、ボランティア・イベントに通っていたのではないか。

ところが、あの日、たまたま集まった顔ぶれがカネゴンの野心に火をつけた。ほかの三人だけではない。カネゴンもまた、あの場の雰囲気に呑まれて、共犯意識を肥大させてしまったひとり

なのだ。

そのせいで、プロジェクトに不協和音がまぎれ込んだことは否定できない。もし自分がカネゴンの立場だったら、イクル君は仲間に入れなかっただろう。

初対面の時から、彼の印象はよくなかった。空のペットボトルのように薄っぺらで、中味のない男。もし同志の誓いを破る人間がいるとしたらイクル君にちがいないと、前からりさぴょんは思っていた。自分に尻ぬぐいの役が回ってくることまでは予想できなかったが、今はもうそれどころではない。自分の尻に火がついているのだから。

この事態を招いたのが、イクル君ひとりのせいだと言うつもりはない。それでも、カネゴンの人選にミスがあったことはたしかだ。事態の収拾を図るため、カネゴンにもその責任を取ってもらわなければ……。

りさぴょんは頭を切り替えて、手紙を精読した。**あんたの兄さんをアレしてしまった後だから、今さら自首したって罪は軽くならないだろう。放火殺人は罪が重いらしいから、俺だけ死刑になるかもしれない。そんなのはイヤだ。**

——これだ。ここに付け入る隙がある。

肉を斬らせて骨を断つ。われながら冴えていると思った。不確定要素ばかりだが、イクル君が死刑になることはありえない。警察も彼の行方を突き止めることはできないだろう。それだけは確信があった。だとしても、そのとばっちりでこっちの首が危うくなるようでは、元も子もない。

　連帯責任。

　りさぴょんは腹を決めた。もう一度カネゴンと会う必要がある。

　あくる金曜日の午後六時、りさぴょんは新宿のカラオケボックスを訪れた。

結団式の夜と同じ店だった。ここへ来るのは、ほぼ五十日ぶりである。店員に教えられた個室へ入ると、一足先に着いたカネゴンがひとりで待っていた。先に入室しておくように、りさぴょんが指示したのだ。

　今日は二人きりで、乾杯もなかった。

「携帯にかけてくるなんて、どういうつもりだ」カネゴンはピリピリしていた。「伝言メモはすぐ削除したが、通信記録は消せないぞ。決行日が間近だというのに、こんなところで会っているのを誰かに見られたら――」

「計画は中止、危険も承知のうえだ。とにかく、この手紙を読んでくれ」

　りさぴょんは昨日マンションに届いた封書を渡した。スペードのジャックが同封されているのを見て、カネゴンが顔をしかめる。

「これはイクル君の？」

「手紙を読めばわかる」

最初の数行を読んで、カネゴンの顔色が変わった。目を上げて何か言いかけたが、りさぴょんは首を横に振り、先を読むよう促した。最後まで目を通したカネゴンは、テーブルに手紙をたたきつけると、怒りをむき出しにした表情で、

「墓穴を掘ったな。こっちにはこんな手紙は来ていない。引っかけられたのがわからないのか？こいつは俺たちを引き合わせるための罠だ！」

「そんなことは最初からわかっている」

「だったらなぜ呼び出した？　自分だけ捕まるのがいやで、俺も道連れにしたいのか」

「道連れじゃない」とりさぴょんは言った。「連帯責任だ」

「連帯責任、だと」

続ける言葉を失い、カネゴンは万策尽きたように頭を抱えた。

これほど動揺しているカネゴンを目の当たりにするのは、初めてだった。最後に会った時は目的のためなら手段を選ばない、プロの犯罪者のようにふるまって、臆したところをまったく見せなかったというのに。守勢に回ったとたん、浮き足立って状況判断すらおぼつかなくなってしまうとは。

やはりリーダーの器ではなかったのだ。

だが、そんなことは二の次だ。りさぴょんは声に力をこめて、

「あまり時間がない。これから私の話すことをよく聞いてくれ」

「言い訳なら聞きたくない」カネゴンはかぶりを振った。「イクル君といい、おまえといい、どいつもこいつも使えないやつばかりだ」

「愚痴に付き合ってる暇はない。声をかけたのはあんただろう」

「そうさ。仲間を裏切るようなやつだと見抜けなかった俺が馬鹿なんだ」

「だから連帯責任だと言ったんだ――」りさぴょんは息を継いでから、いきなりカネゴンに頭を下げた。「お願いだ、力を貸してくれ。私だって仲間を売るような真似はしたくなかったが、もはや選択の余地はない。今ならまだ間に合う。ダメージを最小限に食い止めるために、どうしてもあんたの協力が必要なんだ」

「ダメージを最小限に？」

「そう。たったひとつだけ、この難局から脱出する方法がある。お互いに無傷ではいられないが、今の状況ではやむをえない。私だけでなく、あんたにとってもそれがベストな解決法だと思う。二人で力を合わせれば、最悪の事態を避けられる」

カネゴンはじっとりさぴょんの顔を見つめた。

りさぴょんは無言で、その視線を受け止めた。

目の色で相手が折れるのがわかった。

「力を合わせてどうするんだ？　もっと具体的に言ってくれ」

あえぐような声で、カネゴンが問いかける。完全に主導権を握ったのを確信しながら、りさぴょんは乾いた唇を舐めた。

さっき突き返された手紙をもう一度読ませてから、自分の考えのあらましを告げる。カネゴンは最初ピンと来ないふうだったが、りさぴょんが取っておきの品を披露すると、投げやりだった表情に生気が戻ってきた。

「――こんな切り札を隠しておくなんて、あんたも相当な策士だな」カネゴンはおもねるように言葉を足した。「使えないやつ呼ばわりしたのは取り消すよ。だが、かなり危ない橋を渡ることになるぞ。それで本当にうまく行くのか？」

りさぴょんには自信があった。徹夜で練り直したつぎはぎだらけのプランだとしても、一次予選止まりの小説のプロットよりはるかに出来がいい。

「きっとうまく行く。あんたがちゃんと自分の役をこなしてくれれば」

「わかった」とカネゴンが言った。「あんたの言う通りにする」


カネゴンと別れ、小杉町のマンションに帰った時は十時を過ぎていた。

下田の姉に電話して、母親の様子をたずねる。これからちょっと厄介なことになるかもしれないが、大丈夫、心配はいらないと遠回しに伝えておいた。すぐに話を切り上げ、今度は大学時代から世話になっている先輩にかける。

長話にならないよう、こちらも用件だけですませた。

家宅捜索されても見苦しくない程度に自室を片付けてから、りさぴょんはタクシーを呼んだ。部屋を出る前、財布を開けて、二枚のトランプを確認する。

――バイスクルのライダーバック。

スペードのキングと、ハートの4。

カネゴンに読ませた手紙は、上着のポケットに入れてある。迎車のタクシーに乗り込むと、りさぴょんは運転手に行き先を告げた。

「新百合ヶ丘の麻生警察署まで」

§

警視庁の特別捜査本部に上嶋務の尾行班から連絡が入ったのは、その一時間後、日付が土曜日に替わる間際のことである。

「上嶋が自首した？　麻生署に？」

「中の動きはわかりませんが、見た目にはそうとしか」

思いがけない報告に、法月警視は返す言葉を失った。

小杉町の自宅からタクシーで麻生警察署へ直行、覚悟を決めた形相で署の建物に入っていったという。尾行班から指示を仰がれたが、麻生署員に悟られないよう、署外で待機せよと命じるので精一杯だった。

「面倒なことになりましたね」と久能警部が洩らす。

警視も同感だった。やっとキングをあぶり出したのに、神奈川県警に棚ぼた式で手柄を持っていかれたら、今までの苦労が水の泡になる。

綸太郎にも合わせる顔がない。

四重交換殺人の捜査は大詰めを迎えていた。上嶋務が新宿のカラオケボックスで、四人目の共犯者（キング）とおぼしき人物と接触したのが六時間前。午後九時過ぎ、上嶋とキングが別々に店を出るのを確認し、二手に分かれた尾行班が跡をつけた。

キングは尾行を警戒していたらしく、たびたび電車を乗り換えている。それでも、熟練した捜査員の追跡を振りきることはできなかった。つい先ほど尾行班の仲代刑事から、自宅を突き止めたという報告を受けたばかりだ。

そこまでは作戦通りだったのだが……。

上嶋務の行動は、こちらの予想を完全に超えていた。本来なら歓迎すべき出来事だが、問題は彼の出頭先が麻生警察署、神奈川県警の管内だったことである。

兄の焼死事件に関与した疑いで、警視庁が上嶋をマークしていることは、まだ神奈川県警に伝えていない。県警が自殺として処理した事件を、警視庁独自の判断で洗い直していることが知れたら、捜査に横槍を入れられるのが目に見えていたからだ。いずれ合同捜査の手続きを踏むことになるとしても、向こうに付け入る隙を与えたくない。四人目の共犯者を割り出し、交換殺人計画の全貌をつかむまで、県警への協力は求めないというのが、特別捜査本部の一致した方針だった。

それが裏目に出ただけではない。もうひとつ、気がかりなことがある。

上嶋務が自首を決意したのは、楢崎翔太から脅迫状を受け取ったせいだろう。だが、あの手紙を書いたのは楢崎ではない。上嶋に揺さぶりをかけ、キングと接触させるために、三日前の夜、綸太郎が徹夜ででっち上げたニセ手紙なのだ。

上嶋が楢崎の筆跡を見覚えていた場合に備え、東長崎のワンルームマンションから押収した文書を元に、鑑識の筆跡担当技官が封筒の宛名を代筆。本文はプリンタで印字して、捜査員に横浜で投函させた。スペードのジャックを同封したのも綸太郎の考えで、もちろん証拠品のカードとは別に用意したものである。

警視は頭を抱えた。脅迫状を送るのは起死回生の妙案だと思ったが、あれが麻生署員の目に触れるとますます話がこじれてしまう。ただでさえ警視庁と神奈川県警の関係は微妙なのに、手の込んだ縄張り荒らしと受け取って向こうが態度を硬化させたら、今後の事件の解明に支障をきたしかねない。

「どうします?」と久能。「県警に協力を打診しますか」

「いや、それは後だ。キングの尾行班を呼び出してくれ」

無線に応じたのは、仲代刑事だった。

「被疑者の身元は割れたのか？」

「交番の住民名簿と突き合わせて確認しました。小金井市梶野町×丁目の関本昌彦《せきもとまさひこ》、個人事業主となっています」

「帰宅してから、何か動きは？」

「今のところ、目立った動きはありません。一戸建ての分譲住宅で、表と裏を見張っています。もう少し人数がいるといいんですが」

「わかった」

法月警視は腹を決めた。万が一でも神奈川県警に先を越されるわけにはいかない。上嶋が共犯者の名前を明かす前に、こっちでキングの身柄を押さえないと。

「上嶋務が麻生警察署に出頭した。これからそっちへ応援を送る。人員がそろい次第、関本昌彦に任意出頭を求めてくれ」

12 カネゴン

カリングは静かに机からカードを出してその中の一枚を抜き取つて男の眼の前へ突き出した。『スペードのキングだ』と男は叫んだ。『君は悪魔に違ひない』『さうかも知れぬ』とカリングは落着いて言つた。

——S・A・ドゥーゼ『スペードのキング』

「キングが犯行を自供したよ」

土曜日の夕方、法月警視が本庁から吉報を伝えた。四重交換殺人の首謀者は関本昌彦、中野でモデルガンショップを経営している男だという。

「カードの未詳指紋も、すべて関本の指紋と一致した。狙われていたのは小出俊平《こいでしゅんぺい》という人物で、苗字のイニシャルがK。おまえの読み通りだったな」

「まぐれ当たりですよ」と綸太郎は言った。「小出俊平の安否は？」

「無事を確認して、今は動機の裏を取っている。週明けの月曜に、上嶋務が小出を殺す段取りになっていたらしい。危ないところだったが、犯行を未然に防げたのは例の手紙のおかげだ。おまえに礼を言っておかないとな。関本の方はとりあえず、狛江市の事件の死体遺棄容疑で逮捕した」

「死体遺棄容疑で？」

綸太郎は首をかしげた。渡辺妃名子の死体を移動して、首吊り自殺に偽装したのはたしかだとしても、このケースの場合、犯行のその部分だけ取り出して、死体遺棄罪に当てはめるのは条文の拡大解釈だろう。

「わざわざそんな無理をしなくても、関本が自供したのなら、妃名子殺しで逮捕状を請求すればいいじゃないですか」

「――いや、それがそうもいかなくなってな」

と親父さんは急に歯切れの悪い声になって、

「詳しいことはもう少し落ち着いてから話す。それからいま言った手紙の件だが、今日の未明、上嶋務がみずから麻生署に出頭した。たぶん手紙も見せているだろう。神奈川県警を刺激したくないから、おまえが書いたことは絶対に外に漏らさないでくれ」

翌日はまる一日、何の音沙汰もなかった。

嵐の前の静けさというべきか、それとも単に蚊帳の外に置かれているだけなのか？　綸太郎は交換殺人の実行犯と被害者の対応表をながめて、時間をつぶした。

1. 10月23日（土）渡辺清志（Q）↓A 安斎秋則
2. 11月1日（月）関本昌彦（K）↓Q 渡辺妃名子
3. 11月14日（日）楢崎翔太（A）↓J 上嶋悦史
4. 11月29日（月）上嶋務　（J）↓K 小出俊平（犯行前に発覚）

予期しない動きがあったのは、月曜日の昼過ぎ。どこで番号を調べたのか、保険調査員の古橋がいきなり電話をかけてきた。

「折り入って話があるんですが。少し時間を割いてくれませんか」

前に話した時はもっと喧嘩腰だったが、今日はずいぶん下手に出ている。綸太郎が承諾すると、待ち合わせ場所に新宿のカラオケボックスを指定した。

平日の午後で、ロビーにたむろしているのは年端も行かない若者ばかりだった。肩身の狭い思いをしながら、受付で古橋の名前を出し、教えられた個室へ向かう。

古橋は前回と同じよれよれのスーツ姿で、綸太郎を迎えた。

「先日はどうも。名刺は渡してなかったですね」

「いや結構。差しで話をするなら、もっと適当な場所があるでしょうに」

自分でも大人げない台詞だと思ったが、古橋はけげんそうな顔をして、

「あれ、ここのことは何も聞いてないんですか」

金曜日の夜、上嶋務と関本昌彦がこのカラオケボックスで接触したという。古橋は早めに来て、二人がどの個室に入ったか、店員に確認したそうだ。

「さすがに部屋まで同じというわけにはいきませんが」

古橋の説明に、綸太郎は肩をすくめるしぐさをして、

「こっちは週末から、完全に部外者扱いなんです。正式な権限があるわけじゃないから、捜査員の守秘義務に抵触するとかで。警視庁の中だけならともかく、神奈川県警が嚙んできたせいで、親父さんもいつもより慎重になっている」

「水くさいというか、世知辛いものですね」古橋は如才なく言った。「本庁の捜査本部は急にガードが堅くなって、事件に関する続報がさっぱり出てこない。妃名子殺しの内部情報が聞けるんじゃないかと、半分期待してたんですけど」

妙に当たりが柔らかいと思ったら、それが狙いか。綸太郎はにやっとして、

「残念でしたね。それより、折り入って話というのは?」

「――こないだ失礼なことを言ったのを謝ろうと思って」

古橋は居ずまいを正してから、殊勝な顔で切り出した。

「外野のアマチュア呼ばわりしたのは、こっちの考えが浅かった。金曜の夜遅く、上嶋から電話がかかってきて、信頼できる刑事弁護士を紹介してほしいと頼まれたんです。知り合いの連絡先を教えてやりましたが、その後すぐ麻生署に出頭したらしい」

「その件なら聞きましたよ。弁護士が必要な理由を打ち明けたんですか？」

「はっきりとは言わなかったけれど、兄貴のことかと聞いても否定しなかった。向こうが早く切りたがって、それ以上突っ込んだ話はできませんでしたが」

「先週の月曜、急に飲みに誘ったことを怪しまれていたのでは？」

「そんな感じではなかったな。狛江市の事件を調べていたことは、上嶋には一言も漏らしていませんよ。もしかしたらうすうす察していたかもしれないが……」

「上嶋の供述について、弁護士は何と？　知り合いなら話は聞けるでしょう」

矢継ぎ早に質問すると、古橋はとうとう待ったのポーズをして、

「これじゃあ、どっちが呼び出したのかわからない。いや、せっかく来てもらったんだから話はしますけどね。弁護士に聞いた話だと、上嶋が自首を決意したのは、楢崎翔太から脅迫状めいた手紙が届いたせいみたいで」

綸太郎は初めて聞いたような顔をして、

「――行方不明の楢崎から、脅迫状が？」

「ええ。逃走資金を用立てないと、警察に密告すると書かれていたらしい。楢崎が仲間を売ると脅した時点で、四重交換殺人の失敗は目に見えている。上嶋は四番目の担当で、まだ自分の手を汚していなかったから、犯行を思いとどまるのは当然でしょう。首謀者の関本を呼び出して、警察に出頭するよう説得したのもそのためだった」

「じゃあ、楢崎は関本にも脅迫状を？」

そしらぬふりでたずねると、古橋はかぶりを振って、

「さあ、そこまでは。ただ、楢崎の行動にはほかにも妙なところがある。実はあれから気になって、個人的にやつのことを調べてみたんですけどね。最近まで付き合っていた彼女やバイト仲間に聞いたら、威勢がいいのは口だけでプレッシャーに弱い、本番では足がすくんで何もできないタイプだというんです。だから、あいつに人殺しなんかできるわけない、やろうとしても絶対しくじるだろうって」

「知り合いの証言というのは、たいていそんなもんですよ」と綸太郎は言った。「それに人殺しといっても、やつの場合、被害者に直接危害を加えたわけじゃない。プレッシャーに弱いからこそ、放火という間接的な犯行手段を選んだのでは」

「なるほどね。でも楢崎のことを調べて、もうひとつわかったことがある。やつは十二日の金曜日以降、一度も東長崎の自宅に戻ってない。上嶋の兄貴が自宅で焼け死ぬ二日前から、行方をく

らましているんですよ」

さすがに本職だけあって、調査に抜かりがない。

「そういえば、親父さんもそんなことを言っていたが」

「でしょう。しかも弁護士の話だと、神奈川県警はまだ、楢崎の犯行を裏付ける具体的な証拠を手に入れてないらしい。事件当日の足取りがまったくつかめないうえに、現場周辺で楢崎らしき人物を見たという目撃証言もないんです」

「日曜の早朝だから、誰も気づかなかっただけでは?」

「だとしても、足の問題がある。楢崎は車を持ってないし、タクシーの営業記録や最寄り駅の防犯カメラを調べても、何も出てこないみたいでね。だからここだけの話ですが、やつが放火殺人にまったくタッチしてない可能性もあるんじゃないか」

「まさか。楢崎の犯行でなければ、いったい誰が?」

「県警の最初の見立て通りだったとしたらどうです」

「――兄の悦史が自分で放火したと?」

古橋はうなずいた。

たちの悪い冗談かと思ったが、本気のようだ。綸太郎は首を横に振って、

「それはない。弟の務が麻生署に出頭した以上、そもそも自殺の線は――」

「兄の殺害を依頼したことは、上嶋も認めています」と古橋は言った。「でもそれと、楢崎が実

際に手を下したかどうかは分けて考えないと。プレッシャーに負けて、人を殺すのが怖くなったとすれば、金曜日から姿を消していた理由も察しがつく。殺人のノルマを果たさないと仲間から制裁を受けるので、事前に逃亡を図ったんですよ」

綸太郎はもう一度、辛抱強く首を横に振って、

「分けて考えても自殺は無理だと思う。ファミレスのアリバイから見て、兄殺しの予定日が日曜の早朝だったことは動かせない。楢崎が犯行をドタキャンした当日に、たまたま悦史が自殺するなんて、そんな都合のいい偶然はないですよ」

「それは話が逆なんだ」古橋はにやりとした。「悦史が死んだのは四十歳の誕生日。計画を立てる時点で自殺しそうな日を選んだんだから、日にちがかぶってもおかしくないし、母親を巻き添えにしたくなければ、時間帯も限られる。たまたま重なったとしても、ありえない偶然ではないわけでね。上嶋に送った脅迫状の文中で、楢崎は自分の犯行を認めているそうですが、それだって真に受けられるかどうか。金目当ての脅しなら、自分がやったと思わせた方が効果があるに決まってる」

楢崎が犯行を認めたという文章は、自分が書いたものにほかならなかったが、親父さんから釘を刺されているので、手紙についてはコメントできない。綸太郎が腕を組んで黙っていると、古橋は身を乗り出して話を続けた。

「交換殺人の計画に乗っかったことは弁護の余地がないとしても、実行役の楢崎が怖じ気づいて

犯行を放棄したのなら、上嶋の罪だってだいぶ軽くなるんじゃないか。あいつ自身は四人目を殺す前に自首しているし、前の二つの事件にも直接タッチしていない。情状酌量の余地があることを、あなたの胸に留めておいてほしいと思いましてね」

今日ここへ呼び出したのは、それを言うためか。

付き合いの長い後輩のために何かしてやりたいと思うのは人情だ。綸太郎を味方につけたところで、今から捜査方針を左右できるわけでもないのだが、古橋だってそれぐらいは承知のうえだろう。あらためて親父さんの気苦労がしのばれた。神奈川県警のメンツというデリケートな因子を考慮に入れると、上嶋悦史の自殺という苦しまぎれのオプションも、あながち与太話ではすまされないからである。

どっちつかずなため息で古橋の言い分を流してから、綸太郎は話題を変えた。

「自殺といえば、前に会った時、妙なことを口にしたでしょう。芹沢沙絵の兄が自絞死したのを根拠に、渡辺妃名子の他殺に異議を申し立てようとしていたと。あれはちゃんとした裏付けのある話なんですか」

「もちろん。ずいぶん前のことだから、死亡診断書を書いた医師は亡くなっていたが、当時の関係者に話を聞いたのでまちがいないですよ。当然、妃名子もそのことを知っていたと思う。でも、今頃どうしてそんなことを？」

「いや、急に思い出したものだから」綸太郎は口を濁した。「ついでにもうひとつ。上嶋務が新人賞に応募した小説を読んだら、告知義務違反で生命保険の契約が無効になるという話が出てきたんですけどね。あれは、あなたから仕入れたネタなのでは」

「お察しの通り。でも、狛江市の事件とは関係ない。ざらにある話だから」

「ほかにもそういう、ざらにある話を？」

「まあね」と古橋は言った。「保険詐欺の手口とか、法医学関連の豆知識とか、小説のネタになりそうな話はずいぶんしたけれど――」

§

法月警視が家に帰ってきたのはその夜遅く、日付が替わる頃だった。

「着替えが必要だからといって、捜査本部を抜けてきた。あんまり時間がない。朝までに戻らないと」

土曜日に電話で聞いた声より、今夜はさらに疲労の色が濃くなっていた。交換殺人グループの首謀者を逮捕、自供に追い込んだというのに、ちっとも覇気が感じられない。点差が開いた試合の敗戦処理を任された投手みたいに見える。

「――敗戦処理か。せめて引き分けに持ち込みたいところだが」

「もたついているのは、楢崎翔太を見つけられないせいですか」

綸太郎が水を向けると、親父さんはため息をついて、

「それもあるし、神奈川県警が上嶋務の身柄をこっちへ渡してくれないせいもある。合同捜査の格好だけはつけたんだが、手紙の件も含めて、いろいろ調整が厄介でね」

「新宿のカラオケボックスで、古橋と会ってきましたよ」と綸太郎は言った。「上嶋務に弁護士を紹介してやったそうです。兄の悦史が自殺した可能性があるんじゃないかと、希望的観測を垂れ流していましたが」

「希望的観測ですめばいいんだが、県警内部にもそういう動きがあるらしい。それで初動のミスを帳消しにしようという魂胆だろう」

警視は苦虫を嚙みつぶしたような顔をして、

「こっちも似たような状況で、対岸の火事とばかりは言えないんだ。楢崎が行方知れずのまま、犯行を裏付ける具体的な証拠が出てこなければ、形作りの投了図に持っていくこともありうる。自殺でケリがつけば、お互いの体面も保てるわけだから」

「似たような状況というと？」

「まあ、坐れ」と警視は言った。「尻すぼみの結末というのを聞かせてやる」

関本昌彦、四十一歳。四重交換殺人の首謀者《キング》。

中央線の東小金井エリアの住民で、六歳下の妻と小学生の娘がいる。都内の私立大を卒業した

後、会社勤めをしていたが、趣味のサバイバルゲーム熱が高じ、七年前に脱サラして中野にモデルガンショップを開店。各種エアソフトガンのほか、ゴーグルや迷彩服、タクティカルベストといった装備品を販売・レンタルしている。ビギナー向けに屋内のミニイベントを開催したり、常連客とチームを組んで、関東近郊のフィールドで定期的に行われるフラッグ戦やシチュエーション戦の大会に参加したりしていたそうだ。

「サバゲーのマニアか。それが四人をつなぐ線ですか？」

綸太郎が話を先取りすると、法月警視は首を横に振って、

「いや、それとは関係ない。四人が知り合ったのは、多摩川のごみ拾いイベントだ。こないだドライブ中に見かけただろう、あれと同じやつだよ」

「ごみ拾いのボランティアね。同じアウトドアでも、泥まみれでBB弾を撃ち合うのとはだいぶ温度差がありそうな」

「そうでもない」警視はタバコに火をつけながら、「一昔前とちがって、最近のゲーマーは環境保護やマナーにうるさいからな。今は分解して土になるバイオBB弾が主流で、ゲーム終了後、フィールドに散らかったごみの回収を参加者に義務づけている大会も珍しくない。熱心なマニアほどボランティア意識が高いし、関本の場合、店のイメージアップを図るため、以前から中野区のごみ拾いイベントに参加していた」

「なるほど。参加者の多いアウェイのイベントなら、実生活で接点を持たない人間と知り合え

る。そこに目をつけて、活動の場を広げたわけですね」

「うん。ボランティアを隠れ蓑《みの》に共犯者探しを始めたのは、七月後半からだった。首都圏内で開かれるごみ拾いイベントの中から、なるべく規模の大きいものを選んで、足しげく個人参加を重ねたというんだが、サバイバルゲームの仲間集めみたいな感覚だったのかもしれないな。足がつかないよう、毎回ちがう名前でエントリーしたそうだ」

地道な努力が実を結んだのは、九月の第二日曜日。多摩川のイベントで、関本昌彦、渡辺清志、上嶋務、楢崎翔太が同じ班になった。渡辺は職場の社会貢献活動で、上嶋は中学校の生徒の引率、楢崎はナンパが目的で、それぞれ参加していたらしい。

お互いに縁もゆかりもない他人どうしだったが、四人には共通点があった。関本以外の三人も、潜在的な殺意を抱えて悶々としていたのである。秘かに共犯者を探していた関本にとっても、千載一遇の顔ぶれだったにちがいない。

「四人は知り合ったその日に意気投合し、関本に唆されて交換殺人の計画を練り始めた。場の空気も作用したんだろう。ごみ拾いの分別キャラクターに合わせて、歳の順にカネゴン、夢の島、りさぴょん、イクル君と呼び合っていたそうだ」

「カネゴンか……。すると、関本の動機も金銭目当てですか」

「いや、何と言うか、痴情のもつれということになるんだが」

警視はちょっと含みを持たせる言い方をして、

「関本に狙われていた小出俊平というのは、小金井市の税理士でね。中野の店を始めた時から彼に税務を一任していたんだが、もともと関本の妻の知り合いだったらしい。家が近いせいもあって、プライベートでも親しい付き合いをしていた。ところが、今年の初めに小出夫婦が離婚して、その直後から関本の妻の様子がおかしくなったというんだ」

「おかしくなったというのは、浮気という意味ですか？」

「ああ。六月の末に、妻と小出ができていると確信させる出来事があって、税理士の殺害を思い立った。だが小出を殺せば、すぐ自分に疑いがかかる。そこで、自分のかわりに殺害を請け負ってくれる相手を探すことにした、と関本は言ってるんだが」

「たしかに尻すぼみですね」綸太郎は率直に言った。「四重交換殺人の首謀者にしては、もうひとつ凄みに欠ける。ほかの三人の動機と比べても、見劣りしませんか」

タバコの煙を吐き出しながら、警視も同意のしぐさをして、

「まあな。しかもその動機自体、関本の妄想だった可能性が高い」

「――妄想？」

「小出俊平と関本の妻に事情を聴いたところ、二人ともありえないという態度で、浮気の事実を否定した。話の裏を取ってみたが、実際、不倫関係をにおわせるものは何も出てこない。小出も妻も、どうして関本がそんな邪推をしたのか、まったく思い当たるふしがないと首をひねっている」

「妄想性障害を発症していた可能性もありますね。ごみ拾いイベントに通って交換殺人の仲間を集めるというのも、冷静に考えるとかなり常軌を逸した行動でしょう。精神鑑定の必要があるんじゃないですか？」

「すでに関本の弁護人から鑑定請求が来ているよ」

先が思いやられるように、警視は眉を曇らせて、

「そいつも頭の痛いところでね。鑑定医によっては、四重交換殺人という計画自体、病的な妄想の産物と判断しかねないからな。いずれ公判でも、関本の責任能力の有無をめぐって、水掛け論になるのが目に見えている」

「すると、そこまで見越したうえでの供述か」綸太郎は腕を組んだ。「あるいは、別の動機を隠しているのかもしれませんが……」

「その可能性はあると思う。税務処理をめぐるトラブルがなかったか洗い直している最中だが、もっと手応えのある動機が出てくることを願うよ」

「ですね。多摩川で知り合った四人は、その日のうちに犯行計画を？」

話の続きを促すと、警視はひょいと壁の時計に目をやった。まだ時間の余裕があるのをたしかめてから、おもむろにかぶりを振って、

「いや、二週間後に芝公園で行われる別のごみ拾いイベントで集まる約束をして、その日は解散した。本当に交換殺人を実行する決心がつくかどうか、ほかの三人の覚悟を試すためにあえて時

間を置いたと、関本は言っている。芝公園のイベントでひとりでも欠員が出れば、計画を白紙に戻して、二度と関わりを持たないつもりだったらしい……。だが、約束を反故《ほご》にする者はいなかった」

犯行の意志が固いことを確認し合った四人は、さらにその二週間後、三度目で最後の集まりを持った。十月十日日曜日の夜、新宿のカラオケボックスに集合し、結団式と称して具体的な犯行の段取りを決めたという。

「金曜の夜、上嶋が関本を呼び出したのと同じ店だ」と警視が続ける。「ここでいよいよ例のトランプが出てくる。おまえが想像した通り、四人は関本が用意したバイスクルのライダーバックをくじ引きに使って、犯行の分担と順番を決めた。分担を決めるのに使ったのは、スペードのエースとキング、クイーンとジャックの四枚――安斎のA、小出のK、妃名子のQ、上嶋のJを示すことは言うまでもない。それぞれが殺す相手を決めた後、今度はハートのA・2・3・4のカードを引いて、犯行の順番を決定したそうだ」

「関本と上嶋も、自分が引いたカードを？」

「二人とも律儀に保管していたよ。関本のカードはスペードのQとハートの2で、これは東小金井の自宅からわれわれが押収した。上嶋の方は麻生署に出頭した際、持参したカードを署員に提出している。スペードのKとハートの4だ。押収した順番に、カードと持ち主の対応表をこしらえてある」

渡辺清志　♠A・♡A
楢崎翔太　♠J・♡3
上嶋務　♠K・♡4
関本昌彦　♠Q・♡2

「――まぐれ当たりにもほどがある」と綸太郎はつぶやいた。「押収したカードの指紋を調べましたか？」

「もちろん。関本のカードは、二枚とも彼の指紋のみ。上嶋のカードには、上嶋本人と関本の指紋が残っていた」

「それだけ？　スペードのKかQに、渡辺か楢崎の指紋は？」

法月警視は首を横に振った。綸太郎は眉間にしわを寄せて、

「おかしいな。それだと一回のくじ引きで、犯行の分担が決まったことになる。順番の方はそれでいいとして、実行犯の選定がそううまく行くかどうか」

「どういう意味だ？」

「前に説明したように、四人で交換殺人を行う場合、分担のパターンは六通り。一方、四人の人間がランダムに四枚のカードを引くと、4×3×2×1でパターンの総数は二十四通りです。し

たがって一回のくじ引きで、実行犯と被害者がかぶらずにうまくばらける確率は、二十四分の六で二十五パーセント、けっして高い数字じゃない。意に添わない結果が出て、カードを引き直した可能性が高いということです。だとすれば、スペードの札に持ち主以外の指紋が残っている方が自然だと思うんですが……」

「いきなり何を言い出すかと思ったら、それだけか」と警視は鼻であしらって、「何も不自然なことはない。連中はもっと効率のいいやり方をしたんだよ」

「効率のいいやり方というと？」

「くじ引きを仕切った関本の説明を要約するとだな、最初にカードを引く一番手は、A・K・Q・Jの四枚のうち、自分のターゲットを除いた三枚から一枚選ぶ。次に引くのは、一番手が引き当てた被害者を殺してほしい人物だ。一対一の交換殺人にならないよう、一番手のターゲットを除いた残りの二枚から一枚引いて、自分が殺す相手を決める。そうすると三番手、すなわち二番手が引き当てた被害者を殺してほしい人物が選べるカードは、一枚しかない。カードはまだ二枚残っているが、もし最初に除いたカードを引けば三重交換殺人になって、四人目が余ってしまうから、その時点で担当は自動的に決まる。誰が一番手になっても、パターンの総数は六通り。モンモール数とか完全順列とか、そんな回りくどい計算をする必要はない」

言われてみれば、その通りである。

n人のグループが房分かれせず、全員で一巡する交換殺人を行うパターンの総数は、n－1の階乗に等しい。n＝4なら、3×2×1で六通り。n人が手をつないでひとつの輪を作る並び順（円順列）を数え上げるのと同じ理屈だ。綸太郎は頭を掻いて、

「たしかにぼくの早とちりでした。実際の経過は？」

「まず渡辺がQを除いたA・K・Jの三枚からAを引き、次に楢崎がK・Jの二枚からJを引いたそうだ。残りはKとQの二枚だが、あとの二人に選択の余地はない。Kは小出俊平、関本のタ キ《キング》ーゲットなので、上嶋がKを、関本がQを取ってスペードのくじ引きは終了だ。犯行の順番を決めるハートのくじ引きは普通に引くだけでいいから、カードを切った関本とそれぞれの札を取った本人以外の指紋は残らない」

理屈っぽいせがれをやり込めることができて、親父さんもさぞ満足だろうと思ったが、相変わらず表情はぱっとしない。ぎくしゃくした動作でタバコに火をつけると、伏し目がちになりながら、ため息交じりに煙を吐き出した。

まだ何か、話しそびれていることがありそうだ。

「Q・2の妃名子殺しについて、関本はどんな供述を？」

綸太郎が声をかけると、法月警視はわれに返ったような顔をして、

「それがいちばん頭の痛いところでね。妃名子の殺害容疑で関本の逮捕状を取れなかったのにはわけがある……。東小金井の自宅から押収した証拠は、二枚のカードだけではなかったんだ。口で説明するより、実物を見た方が早い」

警視は鞄を開けて、書類フォルダーを取り出すと、
「――無断で持ち帰った品だから、人には言うなよ」
と念を押し、複写とスタンプされた紙をよこした。
「これは？」
「渡辺妃名子の遺書の写しだ」と警視は言った。

清志さんへ

病気のことで、あなたにはずいぶん迷惑をかけました。足手まといだったでしょうに、ずっといたわってくれてありがとう。あなたのおかげで、前のように普通の暮らしに戻れるのではないかと思ったこともありました。でもやっぱり、今より良くなることはないでしょう。そろそろ限界です――わたしにとっても、あなたにとっても。

しばらく前から、あなたの様子が変なのに気づいていました。病気のせいで疑心暗鬼になっているだけだと、何度も自分に言い聞かせましたが、どんなに否定してもその思いは強まるばかりでした。あなたの意志を見きわめたのは、今朝のことです。具体的に何かあったわけではありませんが、会社に出かける時の顔を見て、一瞬で悟りました。

あなたは今日、何らかの形で決着をつけようとしている、と。

でも、誤解しないでください。あなたを責めているわけではないんです。あなたをこんなふう

に追いつめてしまったのは、何もかもわたしのせいだから。あなたは何も悪くありません。わたしのような生きている価値のない人間のために、あなたが犠牲を払う必要はありません。それではあんまりすぎます。

だから今日、あなたを解放するために、わたしが自分で終わらせます。

これは自分で望んだことです。もっと早くこうしておくべきだったのに、なかなか踏みきれなかったのは、生命保険のことがあったから……。わたしが自殺したら、せっかくの保険が下りない。あんなに尽くしてくれたあなたのために、何も残してあげることができません。それはいやでした。

自絞死という死に方があります。自殺とわからない、他人に絞め殺されたように見える方法です。沙絵のお兄さんがそういう死に方をしたので、どうすればいいかも知っています。わたしにもできるでしょう。そんなに苦しまずに、死ねると思います。

この遺書を最初に読むのは、あなたのはずです。わたしの死を自殺とするか、他殺とするかはあなたが決めてください。保険のことが気にならなければ、わたしの体はそのままにして、この遺書を警察に見せてください。自殺という形がいやなら、ロープと棒を片付けて、他殺として警察に届けてください。わたしはどちらでもかまいません。

病気のせいで苦しい毎日でしたが、あなたには感謝しています。

わたしのことは早く忘れて、清志さんは幸せになってください。

「筆跡の確認はしましたか？」

綸太郎の質問に、警視は口惜しそうにうなずいて、

「芹沢沙絵に送った手紙と照合して、妃名子の自筆であることを確認した。文面にも不審な点は見当たらない。うつ病患者は回復期の方が自殺のリスクが高いし、たまたま犯行当日に先回りする形で自殺を遂げたことにも、ちゃんとした理由がある。妻の直感というより、病気のせいで神経が敏感になっていて、夫の言動の微妙な変化を見逃さなかったということだろう。自殺する直前に芹沢沙絵に電話をかけたのも、その時点で自絞死のことが念頭にあったからだと思う」

「自殺に見せかけた他殺に見せかけた自殺か。結局、ぐるっと回って振り出しに戻ったようなものですね」

「交換殺人の計画がなければ、妃名子が死に急ぐこともなかった」と警視は言った。「そういう意味では、関本に殺されたようなものだがな」

「たしかに。夫の清志はこの遺書のことを？」

「知らなかったはずだ。関本にしてみれば、殺す手間が省けたことをわざわざ共犯者に教えてやる必要はない。妃名子を殺したことにして、打ち合わせ通り、死体に偽装工作を施しておけばそれで十分だ。遺書を捨てずに取っておいたのは、万一犯行が発覚した場合、自分が殺していない

ことを証明するための保険にすぎない」

「そうですか」

綸太郎は今回、父親の相談役に徹して、事件の感情的な側面に踏み込まないようにしていたが、妃名子の遺書には心を動かされそうになった。妻の心情そのものより、最期のメッセージが届かないまま、あっけなく夫が死んでしまったということに。

綸太郎は死んだフランス人の言葉を思い出した。

手紙は必ずしもつねに宛先に届くわけではない。

「——おまえ、あんまり驚いてないみたいだな」

息子の反応に拍子抜けしたのか、親父さんはいぶかしそうな顔をして、

「ひょっとして、こういう結末を予想していたのか？」

「ええ。前に古橋がそんな話をしてたでしょう。わざわざ死体遺棄で逮捕したのは、関本が殺してないからじゃないかと思ったんです」

「そうか」

警視は年寄りじみたうめき声を洩らすと、さらに愚痴っぽい口調で、

「それなら俺が尻すぼみだと言いたくなる気持ちもわかるだろう。交換殺人を仕組んだ四人のうち、渡辺清志は事故死してもうこの世にいない。楢崎翔太も行方不明で、足取りの手がかりすらつかめないままだ。上嶋務は犯行前に出頭して、神奈川県警の拘束下にあるし、関本昌彦は土壇

場で被害者に先を越され、運よく殺人の実行を免れた……。狛江市の事件から一ヵ月、さんざん鼻面を引き回されたあげく、手にした結果がこれだ。四重交換殺人を共謀し、死者を出した事実は動かないから、関本と上嶋が実刑を免れることはないとしても、県警の出方と公判の展開によっては、こっちが想定しているより量刑が軽くなるかもしれない。下手をしたらそう遠くない時期、二人が仮釈放で出てくることだってあるだろう。それでは妃名子も含めて、死んだ人間が浮かばれないよ」

§

尻すぼみの結末……。

親父さんがそうこぼすのも無理はない。

だが夜明けまでには、もうしばらく時間がある。

「――出かける前に、少し仮眠を取らせてくれ」

と言う父親を強引に引き止めて、綸太郎はコーヒーを沸かした。法月警視が捜査本部に戻る前に、どうしても確認しておきたいことがある。

「関本の供述について、具体的に聞かせてほしいんですが」

「わかったよ。どうせ眠れないこともわかってるんだ」

目をしょぼつかせながら、警視はやけくそのように大きく伸びをした。徹夜の覚悟を決めて新しいタバコの箱の封を切ると、こっちへあごをしゃくって、

「事件の一週間前、妃名子の通院先の精神科におかしな電話がかかってきたという話をしただろう。あれも関本のしわざだった」

「調布駅の公衆電話からかけてきたやつですね」

「うん。ストーカーに罪をかぶせる目的で、渡辺がそうするように指示したんだ。モデルガンショップの経営は、去年ぐらいから実店舗よりネット通販に力を入れ始めて、中野の店も最近は半分倉庫状態だったらしい。だから平日でも、時間は自由に使える。犯行当日も関本は店を早じまいして、新宿から小田急線で狛江駅へ向かった」

「渡辺の家に着いたのは？」

「午後五時過ぎ。もう暗くなっている時間だから、人目につかなかったようだ。侵入したのは裏の勝手口からで、当日の朝、渡辺が庭の植え込みに合いカギを隠しておく手はずになっていた。妃名子が夫の心中を察したのも、案外その時かもしれないが。家の中に入った関本は、一階のリビングで妃名子の死体に遭遇した」

死体の首に結わえられた自転車の荷台用ゴムロープ。

あごの下の結び目に通された床掃除用ワイパーの柄。

ロープは団子状になるほどきつくねじられ、ワイパーの柄は両端が家具につっかえる格好で固

定されていた。異様な光景に関本は自分の目を疑い、妃名子の死に顔を見て、最初は誰かに殺されたのではないかと思ったそうである。

「――だが遺書があるのに気づいて、関本は何が起こったのか理解した」警視はコーヒーのおかわりを催促し、ひっきりなしにタバコを吸って説明を続けた。「被害者の方で勝手にお膳立てしてくれたのだから、自分はそれに便乗するだけでいい。そう判断すると、まず遺書の指示に従ってゴムロープとワイパーの柄を首からはずし、目につかない場所に片付けた。予定外だったのはそこまでだ。妃名子の死体を二階の寝室へ運び、物干しロープを首にかけてカーテンレールから吊り下げたのは、事前の打ち合わせ通りの行動だった」

偽装工作と見破られることが計画の要なので、細かい目配りは必要ない。妃名子の携帯から四谷の夫に捏造メールを送信して、任務完了の合図を伝えたのも、あらかじめ決められた段取りだったという。

「ただし、妃名子の自絞死は一種のフライングに当たる」と警視は付け加えた。「そのせいで、死亡時刻と偽装工作を行った時間との間にタイムラグが生じる怖れもあったが、辻褄合わせのために余計なことをすれば、かえってボロを出しかねない――関本はそう考えて、その場しのぎの小細工はしなかったと供述している」

「だったら、どうして死体の手指の爪を？」

綸太郎はようやく取っかかりを見つけて、父親を問い詰めた。

「自殺なんだから、関本が顔を引っかかれることはありえないでしょう。爪に残った皮膚片を回収するために現場に戻ったという解釈は成り立たないし、タイムラグの辻褄を合わせる小細工でもないとしたら、何のために爪を切ったのか？」

「自絞死だと、吉川線がつかないからだよ」いがらっぽい声で警視は言った。「当初から古橋が疑問を呈していた点だ。絞殺された死体の場合、被害者の首に抵抗防御創が残ることが多い。関本はサバイバルゲームのマニアだから、殺人術マニュアルみたいな周辺書に目を通して、そのことを知っていた。手の爪を切っておけば、首周りに引っかき傷がなくても怪しまれないだろうと思ったらしい。とっさの思いつきでやったことなのに、こっちが深読みしすぎたんだ」

「――殺人術マニュアルね」

頭をそらしながら、綸太郎は自分の首を指で掻いて、

「とっさの思いつきはいいとしても、畑ちがいの関本には荷が重すぎませんか。吉川線のことなら、上嶋の方が詳しいはずだ。古橋に聞いてたしかめたんですよ。小説のネタになりそうな話をせがまれて、法医学関連の豆知識をずいぶん教えてやったと。とっさの思いつきで爪を切ったのなら、上嶋の方が犯人像に近いということです」

「意味がわからん。どうしてそこに上嶋の名前が出てくる？」

「彼にも犯行が可能だったからです」と綸太郎は言った。「妃名子の死が自殺なら、上嶋のアリバイも帳消しになる。彼が武蔵小杉のスポーツジムにいたのは、午後三時から四時の間。そこか

ら狛江市の現場まで、三、四十分あれば余裕で行けます。前の週の月曜日、調布駅の公衆電話から怪電話をかけたのも、上嶋でしょう」

「何を言ってるんだ、おまえは」

警視はあきれ顔で、首を横に振り、

「今さら上嶋のアリバイを云々しても意味がない。関本の自宅から、スペードのQとハートの2を押収したのを忘れたか？」

「いいえ。でも、二人はその前にカラオケボックスで会っているんだから、その時に交換すればすむことです――カードだけでなく、妃名子の遺書も」

「何だって？」

法月警視は目を丸くした。反論しようとするけれど、すぐに言葉が出てこない。

ニコチンとカフェインの過剰摂取で荒れた胃をなだめるように、ごくりと空唾を呑み込んでから、やっと声を取り戻して、

「いや、おまえの言うことはナンセンスだ。仮に上嶋がQ・2のカードの持ち主で、妃名子殺しの担当だったとして、それならKの小出殺しは誰が引き受ける？　渡辺と楢崎はすでに使用済みだから、残るのは関本だけ。だが、自分のターゲットは殺せない」

「お父さんの言う通りです」綸太郎は真顔でうなずいた。「だから、まぐれ当たりにもほどがあると言ったんですよ」

「まぐれ当たりだと？　カードに関するおまえの推理のことか」

「ええ。それだけならまだしも、うっかり敵に塩を送るような真似をして、あやうく何もかもぶち壊しにするところだった。尻すぼみの結末を招きそうになったのは、ぼくの責任でもあるんです。でもやっとわかりましたよ、自分がどこでつまずいたのか」

親父さんは目を白黒させながら、途方にくれた顔つきで、

「──おまえが何を言ってるのか、俺には全然わからない」

「今から説明します」綸太郎はにやりとした。「その前にひとつ聞きたいことが。柿生の焼け跡を見にいった日、右翼団体の脅迫めいた銃撃事件のことを話してくれたでしょう。市民運動家の自宅に銃弾が撃ち込まれたのは、何日のことですか？」

外では夜が白み始めていた。

JOKER
86

13　ジョーカー

> りさぴょんは達観したような顔で、首を横に振り、
> 「もう分担は決まっている。私には選択の余地がない」
> そう決めつけて、最後に残ったカードに手を伸ばす。
> 表を向けると、（自転車に乗った）王様の絵——。
> 「そうか」イクル君はようやく状況を理解した。「自分のターゲットは殺せない」
>
> ——法月綸太郎『キングを探せ』

「謝花さよ子という女性を知っているかね⁉」

「ジャハナ？　外国人の名前ですか」

「いや、沖縄に多い苗字だ。感謝の謝に花火の花、平仮名のさよに子供の子と書いて、謝花さよ子。年齢は五十六歳、お茶の水で音楽スクールを経営している。声楽家だった同郷の夫が創立した学校だが、十年前にその夫が死んで、さよ子が事業を引き継いだ」

「――何の話ですか？　そんな人のことは知りません」

動揺をひた隠しながら、カネゴンは首を横に振った。

十二月二日、木曜日。死体遺棄容疑で逮捕されてから六日目になる。その間、毎日の大半をこの取調室と留置場で過ごしていた。カネゴンにとっては、屋内フィールドにバトルシーンを移し替えた、生き延びるためのセカンドステージだ。

戦況は圧倒的に不利だが、まだ最悪の事態には至っていない。留置場では、最低限の筋トレとストレッチを欠かさないようにしていた。武装解除された捕虜にも、敵軍の将校を欺いて、後方を攪乱するという重要なミッションがあるからだ。

今日の取調官は、法月という年配の警視だった。

あごの角張った顔つきで、髪は濃淡の差が目立つ灰色。背広に染みついた臭いから、ヘビースモーカーだとわかる。接見にきた弁護士の話だと、捜査一課のベテランで、狛江市の事件の段階から現場の指揮を執っているという。昨日まで主に聴取に当たっていた久能という刑事が、法月のサポートについていた。

「沖縄出身の謝花さよ子は、二〇〇四年から〈鄙《ひな》ぶりの唄をうたう会〉という団体の副代表を務めている」カネゴンの返事を無視して、法月は続けた。「国歌斉唱時の教員の起立義務づけに反対する市民グループだ。そのため、以前からたびたび右翼団体の脅迫を受けていたが、十一月九日火曜日の深夜、文京区千駄木の自宅に銃弾二発が撃ち込まれた。その事件のことは？」

「――知りません」そう繰り返す以外、どうしようもなかった。

「撃ち込まれた銃弾は、九ミリマカロフ弾。ロシアないし中国製のマカロフ銃から発砲されたものだ。右翼や暴力団関係者の間に広く出回っている密輸拳銃で、近隣の住民が銃声に気づかなかったことから、消音装置を装着していた可能性が高い。いちいち説明しなくても、マカロフのことなら、商売柄よく知ってるだろうが」

「知識としては知ってますが、うちで扱っているのは、外観をコピーしたゲーム用のエアガンです。実銃のことは詳しくありません」

「だとしても、店の客にはそっちのマニアがいるはずだ。密輸品のマカロフの入手ルートぐらい、小耳にはさんでもおかしくないんじゃないか」

「うちの店はサバイバルゲームの専門ショップです」カネゴンは強調した。「そんな客がいたとしても、自分の商売には関係ないし、右翼の知り合いもいません。ミリタリーマニアというだけでそういう目で見られがちですが、私たちがやっていることは大人のごっこ遊びで、日の丸とか君が代とか、キナ臭い政治の話とはいっさい無縁です。どうして急にそんな話が出てくるのか、私には理解できない」

「こっちもそういう話を聞いたつもりはないんだが」

法月はしれっとした顔でカネゴンの抗議を受け流すと、

「それはそれとして、銃撃事件の話に戻ろう。九日の夜、さよ子は留守で、長男の優也《ゆうや》が二階の自室にいたが、幸い怪我はなかった。彼の名前に心当たりは？」

カネゴンは無言でかぶりを振った。

心臓の鼓動が、ますます速くなる。

「ないわけがないだろう。たしかに母親のさよ子とは付き合いがない。だが、中野の店の顧客名簿を調べたら、息子の名があった。謝花優也はきみと同じサバイバルゲームのマニアで、三、四年前から頻繁に店に出入りしてるじゃないか」

法月は老眼鏡をかけ、手元の資料をめくりながら、

「謝花優也、二十七歳。親の影響で音楽家を目指していたけれど、音大の受験に失敗して才能に見切りをつけ、普通の大学に進んだ。卒業後は母親のスクールで広告宣伝業務を任されているが、仕事には身が入らず、母子関係も冷えきっている。東京育ちのお坊ちゃんで、親の期待にそむいた反動から、在学中にサバイバルゲームにのめり込んだせいだろう。ミリタリー系の同人誌を作ったりして、その筋では結構な有名人だったらしいな。中野の店の常連客で、きみとも懇意にしていた。今年の春までは一緒にチームを組んで、群馬や千葉のフィールドで開かれる定例会に参加していたそうじゃないか」

返事を促すように、法月がこっちへあごをしゃくる。

カネゴンは身じろぎせず、石のように沈黙を守った。

「――黙秘権か。昨日まではよく喋ってくれたのにな。だったら、こっちで話の穴を埋めるしかない。実のところ、ゲーマー仲間の間で、謝花の評判はよくなかった。サバイバルゲームでは自分に弾が命中した場合、自己申告してゲームから離脱するのが基本中の基本ルールだ。ところが、中には被弾したとわかっているのに、あえて知らんぷりしてゲームを続ける不届き者がいるという。ゾンビ行為といって、ゲーマーからもっとも軽蔑される反則だそうだが、謝花優也はその常習犯だった」

脇の下を冷たいものが伝い落ちる。

カネゴンは歯を食いしばり、机の下で両手を握りしめた。

「店の上得意だから、きみも目をつぶっていたんだろう。だが、あまりにもマナー違反が目に余るので、今年の四月、千葉の大会で謝花に注意したところ、向こうが逆ギレして、主催者も巻き込んだ大騒ぎになったそうだな。それを機に、彼のゾンビ行為に眉をひそめていたゲーマー有志が声を上げ、謝花優也は関東近郊で開かれるイベントから締め出しを食った。謝花がきみを逆恨みしたことは想像にかたくない。春以降、自宅への無言電話を始めとして、執拗ないやがらせを行っていたようだな。事情をよく知らない同人誌仲間に声をかけ、きみの店に対する中傷キャンペーンを繰り広げていたこともわかっている。そのせいで店の経営に支障が出、巻き添えを怖れた常連客の足が遠のいたことも……」

法月は一息入れて、カネゴンに同情するような表情をのぞかせた。

だが、それはほんの一瞬で消え、目つきと声が一段と厳しくなる。

「だから謝花の自宅に銃弾が撃ち込まれた時も、一部のゲーマーの間では、犯人の狙いは市民運動家の母親ではなく、ドラ息子の方じゃないかと噂になっていたらしい。ところがこちらの調べで、その日、きみは関西の同業者が大阪で開いたエアガンの入門セミナーにゲスト参加し、向こうで一泊したことがわかった。店のホームページのブログに、写真入りの記事を載せていただろう。銃撃のあった夜には、非の打ちどころのないアリバイがあるということだ。これが何を意味するか、わざわざ説明する必要はないと思う。むしろきみにまだプライドがあるなら、とっくに戦闘不能状態に陥っていることを、自己申告してくれてもよさそうなものだがね」

「——それとこれとは話が別だ」

カネゴンは思わずそう口走り、言ったことを後悔した。

法月は老眼鏡をはずし、たっぷり時間をかけてカネゴンの顔をねめつけると、サポートの久能に目で合図した。久能は懐から四枚のカードを取り出し、目の前の机に表を伏せた状態で一列に並べた。

自転車に乗った二人の天使。バイスクルのライダーバック。

カネゴンは目を伏せたまま、唇を嚙みしめた。

「きみが交換殺人を計画するなら」と法月が続ける。「ありもしない浮気の疑いで税理士の小出俊平を狙うより、謝花優也の方がはるかにターゲットにふさわしい。九日の夜、謝花がマカロフ銃で射殺されるはずだったとすると、カードのくじ引きに関する供述も真に受けられなくなる。被害者の名前の頭文字は、安斎のA、妃名子のQ、謝花のJa、上嶋のJo。これを四枚のトランプに当てはめれば——」

法月は伏せたカードを一枚ずつめくった。

スペードのA。

スペードのQ。

スペードのJ。

そして、ジョーカー。

「スペードのキングは、初めから入っていなかった」と法月は言った。「謝花と上嶋は苗字のイニシャルのJが重なっているから、ジャック《Jack》とジョーカー《Joker》で区別したんだ。そうすると、楢崎翔太が上嶋悦史を殺害したというこれまでの前提を見直さなければならない。楢崎のワンルームから発見されたカードは、スペードのJとハートの3だった。ジャックは謝花優也で、ハートの3は未遂に終わった三番目の犯行を示唆している。友人や女友達の証言によれば、楢崎はプレッシャーに弱く、本番で足がすくんでしまうタイプだったというから、謝花の殺害に失敗したのも当然の結果といっていいだろう。この推定を元に、あらためて実行犯と被害者の対応を整理すると、こういう表ができるはずだ」

黒子のような無言の動きで、久能が机に表を置く。

1. 10月23日（土）渡辺清志 → A 安斎秋則
2. 11月1日（月）　？ → Q 渡辺妃名子
3. 11月9日（火）楢崎翔太 → Ja 謝花優也（未遂）
4. 11月14日（日）　？ → Jo 上嶋悦史

「空欄を埋めるのはたやすい」法月は容赦なく告げた。「上嶋務はジョーカー、すなわち自分のターゲットである兄の悦史を殺すことはできない。四番目の犯行が可能なのは、関本昌彦、きみだけだ。その結果、渡辺妃名子殺しは上嶋の担当になる」

1. 10月23日（土）渡辺清志 → A 安斎秋則
2. 11月1日（月）上嶋務 → Q 渡辺妃名子
3. 11月9日（火）楢崎翔太 → Ja 謝花優也（未遂）
4. 11月14日（日）関本昌彦 → Jo 上嶋悦史

「この表に従えば、上嶋務のカードはQ・2、きみのカードはジョーカー・4でなければならない。ところが、麻生署に出頭した上嶋はスペードのKとハートの4を提出し、きみの自宅からはスペードのQとハートの2が押収された。すでに指摘した通り、スペードのKはくじ引きに使われなかったのだから、金曜の夜、新宿のカラオケボックスで、きみと上嶋がカードを交換したことは明らかだ。交換殺人の共犯者どうしが、警察にキャッチされるリスクを冒して、そんな小細工をしたのはなぜか？」

法月はいったん言葉を切り、手元の資料から手紙のコピーを抜き出した。

新宿のカラオケボックスで、りさぴょんに見せられた手紙。

「その答は、楢崎翔太が上嶋務に送った脅迫状だ。いや、きみも承知しているように、これは四人目の共犯者をあぶり出すため、われわれがこしらえたニセ手紙なんだがね。スペードのJが同封された手紙を読んだ時点で、上嶋も即座に警察の罠だと勘づいたにちがいない。ジャックを引いた楢崎が、兄の悦史を殺したように書かれているからだ。脅迫状の文面から、上嶋務は警察が三番目の事件を見落としたうえ、ジャックを上嶋悦史と誤認していることを見抜いた。その先入観を逆手に取り、謝花を狙った犯行を隠し通せば、事件の数をひとつ減らして、自分の罪を軽くすることができる。だがそのプランを実現するには、どうしても共犯者の協力が必要だった」

その先はもう聞かなくてもわかっている。

カネゴンは目をつぶり、自分の殻に閉じこもった。金曜の夜、りさぴょんと交わしたやりとりが脳裏によみがえる……。

「力を合わせてどうするんだ？　もっと具体的に言ってくれ」

カネゴンが問いかけると、りさぴょんはじわりと唇を舐め、

「この手紙をもう一度読んでくれ」

カネゴンはあらためて手紙に目を通した。最初はかっとなって読み飛ばしていたが、途中に妙な記述があることに気づく。

「あんたの兄さんをアレしたって、どういうことだ？　あれは俺が」

「警察はイクル君が私の兄を殺したと思っている」りさぴょんは断言した。「スペードのJが上嶋のイニシャルだと勘違いしてるんだ」

「ジャックは謝花のJaなのに。どうしてそんな勘違いを？」

「この手紙から判断すると、警察は夢の島とイクル君のカードを押収しているようだ。契約書がわりに取っておけと、あんたが言っただろう」

「そうは言ってない」とカネゴン。「契約書のかわりと言ったのは、夢の島だ」

「どっちでも同じことだ。夢の島の嫁がQだと見透かされている以上、スペードのAとJ、ハートのAと3は警察の手にあると考えた方がいい。たぶん、あんたの指紋も割れている。カードを

切ったのはあんただだから、どの札にも指紋が残ってるはずだ」

カネゴンはごくりと唾を呑んで、すぐにかぶりを振った。

「今まで警察に指紋を採られたことはない。俺の指紋とわかるわけが」

「これから先、何が起こるかわからない。時限爆弾を抱えているようなものだ。ダメージを最小限に抑えるには、先手を打つしかない」

「待て、ひとつ腑に落ちないことがある」カネゴンは異議を唱えた。「あんたの手元にあるカードは、スペードのQとハートの2だ。警察がJを上嶋のイニシャルと勘違いしてるなら、A・Q・Jの三人で、交換殺人が完結する。俺が出る幕はないはずなのに、どうして四人目の仲間がいるとばれたんだ?」

「さすがに抜け目がないな」りさぴょんは苦笑いして、「警察はQ・2の事件に私が手出しできたとは思っていない。それで三人では足りないと気づいたんだ。理由は後から説明するが、こっちは警察の勘違いを逆手に取って、シナリオを書き換えればいい」

「――柿生の放火殺人を、イクル君のせいにするということか」

「そうだ。警察も彼の犯行を疑わないだろう。だが、裁判でそれを立証することはできない。イクル君はやってないんだから、証拠固めで行き詰まる」

「なるほど。俺にとってもありがたい提案だが、それで辻褄が合うのか?」

「合うんじゃない、合わせるんだ」りさぴょんは強く言った。「あんたが持っているカードは、ジョーカーとハートの4。これを私のカードと交換する」

カネゴンも自分のカードを出した。くじ引きに使ったトランプ一式を持参するよう、携帯の伝言メモで指示されていたのだ。

「俺がQ・2の担当になるんだな。で、あんたは？」

「ハートの4は私がもらう。だが、ジョーカーは使えない。ジョーカーが上嶋悦史のJoに対応していることがばれたら、すべておじゃんだ」

「ジョーカーがダメなら、どのカードにすればいい？」

「ほかの三枚がA・Q・Jだから、四枚目はスペードのKがベストだ。その並びなら警察も納得するだろう。イニシャルがKの知り合いで、目ざわりなやつはいないか？」

カネゴンは携帯の電話帳を開き、か行のリストをチェックして、

「――小出俊平というのがいる。店の税務を任せている税理士だ。俺の女房の知り合いなんだが、今年の初めに離婚して、今は独り身になってる」

「見せてくれ」りさぴょんは携帯の画面をのぞき込んだ。「こいつに恨みでもあるのか。あんたの嫁とできているとか」

「いや。仕事もちゃんとしてくれるが、なんとなく肌が合わないだけだ。だが、俺が勝手に女房との仲を疑っていたことにすれば……」

「それでいい。そいつのプロフィールと暮らしぶりを教えてくれ」

カネゴンは口頭で、小出俊平の人となりを教えた。

りさぴょんはその場で必要事項を暗記してから、細い目の奥を光らせて、

「これだけあれば何とかなるだろう。私はこれからK・4のカードと脅迫状を持って、地元の警察に自首する。兄殺しを栖崎に依頼し、週明けの月曜、あんたのかわりに小出を殺す予定だったと供述するつもりだ。本命の謝花優也についてはいっさい触れないが、あんたの素性は明かさざるをえない。私が口を割らなくても、このカラオケボックスは監視されているはずだから、じきにあんたのところにも警察がやってくる。出頭を求められたら素直に従ってくれ。スペードのQとハートの2を警察に渡して、狛江市の事件に関与したことを認め、小出のことを話すんだ」

「ちょっと待て」カネゴンは話についていけず、りさぴょんをなじった。「おまえ、夢の島の女房を殺した罪を俺にかぶせて、自分ひとりだけ足抜けするつもりか。だが、そうは行かない。いざという時のために、こっちだってアリバイを用意してある」

「足抜けなんかしない。つべこべ言う前にこれを読んでくれ」

りさぴょんは肉筆の文書を収めたクリアシートをこちらによこした。

渡辺妃名子の遺書だった。それを読んで、自絞死という特殊な死に方があることをカネゴンは初めて知った。

「――あんた、夢の島の女房を殺してなかったのか」

「ああ。私が夢の島の家に行った時、彼女はすでに死んでいた。万一の場合に備えて、自絞死し

た状態のまま、写真を撮ってある。画像を転送してやりたいが、データを解析されたらきっとボロが出る。こいつも削除するから、あんたは警察で供述する時のために、しっかりこの画を目に焼きつけておいてくれ」

りさぴょんが携帯を見せる。死体の首に結わえられた自転車の荷台用ゴムロープ。あごの下の結び目に通された床掃除用ワイパーの柄。ロープは団子状になるほどきつくねじられ、ワイパーの柄は両端が家具につっかえる格好で固定されていた。

「肌に温もりがなかったから、死後一時間以上たっていたと思う。その時間、私はまだ武蔵小杉のスポーツジムにいたからアリバイがある。だから警察は、私の犯行ではないと判断したんだろう。四人目の共犯者に目をつけたのも、アリバイのせいだ」

カネゴンは携帯をりさぴょんに返し、深いため息をついた。

張っていた肩の力が抜け、ちっともおかしくないのに笑いがこみ上げてくる。

「そうか、それでやっと腑に落ちたよ。イクル君の尻ぬぐいをするために、あらためて謝花の殺害を引き受けてくれたのも、これのせいだったんだな」

「自分だけ手を汚さないのは、フェアでない気がしてね。バランスシートを合わせるために引き受けた。謝花の殺害を果たせなかったのは残念だし、夢の島の嫁の自殺を隠していたのも悪かったが、この遺書を警察に見せれば、あんたの立場もずいぶんましになる。死体に手を加えただけで、殺してはいないと証明できるんだから」

「こんな切り札を隠しておくなんて、あんたも相当な策士だな」カネゴンは下手に出ながら、精一杯の皮肉をこめて言った。「使えないやつ呼ばわりしたのは取り消すよ。だが、かなり危ない橋を渡ることになるぞ。それで本当にうまく行くのか？」

「きっとうまく行く。あんたがちゃんと自分の役をこなしてくれれば」

「わかった」とカネゴンは言った。「あんたの言う通りにする」

「よし。Q・2のアリバイは、口が裂けても警察には言うなよ。供述に矛盾が生じないように、夢の島の家で私が見たこと、やったことをできる限りあんたに伝える。時間がないから、効率的に進めないと。まず死体の手指の爪を切ったことだ。吉川線というのがあるんだが……」


「――すでにこちらの捜査情報は、神奈川県警に伝えてある」

いがらっぽい声が、カネゴンの意識を取調室に引き戻した。

机をはさんだ向かいには、りさぴょんではなく、法月の顔。

「これまで県警は、柿生の放火事件の裏付け捜査で苦戦を強いられていた。上嶋務の自供を真に受けて、実行犯が楢崎翔太だと思い込んでいたせいだ。だが、いくら楢崎の犯跡を追ったところで、何も出てくるわけがない。理由は簡単で、柿生の家に火をつけ、上嶋悦史を焼き殺したのは、きみなんだからな。カードのからくりを知り、きみに的を絞れば、一気に捜査が進むはずだ。すでに事件発生から二週間以上過ぎているから、現場周辺の防犯カメラの記録は大半が上書きされているだろうし、目撃者の記憶も薄れているかもしれないが、だからといって、まったく何も残らないということはありえない。いずれ、きみが柿生の現場付近に残した痕跡が見つかるはずだ。それだけではない」

不意に法月の声のトーンが変わった。

「われわれはこの半月あまり、全力を挙げて楢崎翔太の行方を追い続けてきた。にもかかわらず、楢崎の足取りすらつかめない。ある日を境にいきなり蒸発してしまったようなもので、先月の十二日以降、彼の安否がまったく確認されていないのだ。九日の夜、謝花優也の殺害に失敗した楢崎が、共犯グループの制裁を怖れて姿を消したという線も捨てきれないが、もっと別の可能性も考えられる。すでに仲間のリンチを受け、口封じのために殺されてしまった可能性だ」

カネゴンの頭の中で、アラート音が鳴り響いた。

正面からしっかりと見据えられ、金縛りにあったように目がそらせない。取調室の壁が自分に向かって迫ってくるような錯覚を覚え、胸が苦しくなった。

「念のため、先月九日以降のきみの行動を洗い直してみたところ、十二日金曜日の夜、店の営業用ミニバンで、千葉県印旛沼のサバイバルゲーム専用フィールドを訪れていたことを突き止めた。土地所有者の了解を得て、今朝からフィールド内を――」

脳内のアラート音が耳からあふれ出し、法月の声をかき消した。

真っ赤に染まった視界の中、夢の島とイクル君の顔が明滅する。

自分とりさぴょんも、死んだ二人と同じ色に染まりつつあった。

チームは全滅、俺もおしまいだ。

――ゲームオーバー。

§

「関本昌彦が洗いざらい白状した」

法月警視はほぼ一ヵ月ぶりに見せる、晴れやかな笑顔で言った。

「楢崎翔太の死体を捜索していると言ったのが効いたようだ。サバイバルゲームの専用フィールドに目をつけたことといい、おまえの読みが的中したな。最初に聞いた時はどうかと思ったが、おかげでずいぶん手間が省けたよ」

モデルガンショップの営業車のナンバーが、千葉方面のNシステムに記録されていたという。撮影地点から数キロ圏内の野外フィールドを特定し、過去のレンタル客と定例会のリストをチェックしたところ、関本のチームがたびたび利用していることがわかった。

「肝心の死体は見つかったんですか」

綸太郎がたずねると、警視は首を横に振って、

「まだだ。印旛沼のフィールドは敷地が五千坪以上ある里山で、関本は土地鑑もある。古い井戸

跡を見つけて、そこに死体を放り込んだらしい。あす本人を現場に立ち会わせて、再捜索を行うことになっている」

「いつ殺したんです？」

「十一日木曜日の夜。関本だけでなく、上嶋もその場にいた」

「――銃撃事件の翌々日か」綸太郎はカレンダーを確認した。「カラオケボックスで再会する前に、一度接触していたわけですね」

「うん。仕切ったのは関本だ。水曜の夜、TVのニュース報道で楢崎がしくじったことを知り、急いで計画を立て直そうとしたらしい。木曜の昼間、生徒の親の名前をかたって勤め先の中学に電話をかけ、上嶋を呼び出した。その時点では楢崎を殺す意図はなく、再チャレンジの機会を与えるつもりだったと言っている」

「再チャレンジというより、追い込みをかけにいったんでしょう」

「まあな。上嶋を誘ったのも、仲間と一緒の方が圧力をかけやすいからだ。兄殺しの予定日が近づいていたせいで、上嶋も断れなかった。楢崎が謝花優也を殺してくれないと、関本が上嶋悦史を殺すメリットもなくなる。呼び出しに応じなければ四番目の犯行を無期延期する、と言われたら、上嶋も付き合うしかないだろう」

「玉突き事故みたいなものですね」と綸太郎は言った。「仲間といえば、渡辺清志には招集をかけなかったんですか？」

「ああ。十一日の時点では、妃名子が死んでから日が浅く、警察が夫をマークしている可能性を無視できなかった。謝花優也を狙った犯行は右翼のしわざと目されていたし、上嶋悦史はまだ生きていたから、関本と上嶋が組むのはかろうじてセーフだとしても、渡辺と接触するのはリスクが大きすぎる。それに安斎殺しと妃名子の死で、渡辺の果たす役割は終わっていた。声をかけても、行動を共にする義理はない」

「なるほど」

逃げ得や裏切りを許さないため、仲間どうしの住所は押さえてあったという。東長崎で落ち合った関本と上嶋は、夜更けまでワンルームを見張り、コンビニへ買い出しに出た楢崎を人目につかない路上で拘束した。

関本が商売用のモデルガンをちらつかせただけで、楢崎はおとなしく指示に従った。携帯の電源も自分で落としたそうだ。無理もない。楢崎はその二日前、関本から受け取ったマカロフの実銃を、自分の手で発砲していたのだから。

三人は関本の車で中野のモデルガンショップへ移動し、そこで楢崎に対する恫喝交じりの説得が行われた。九日の深夜、楢崎は土壇場で怖じ気づいて、謝花優也の殺害を断念、形だけ住居に発砲して、現場を離れたらしい。千駄木駅の裏にある須藤公園の池に拳銃を捨て、朝まで日暮里のネットカフェで過ごしたと、二人に話している。

「楢崎は完全にびびっていて、やっぱり人殺しなんかできない、絶対に秘密は漏らさないから、仲間から抜けさせてくれと二人に懇願した。だが、今さらそんな泣き言を聞き入れるわけにはいかない。何とかして楢崎を翻意させようと、手を替え品を替え、説得に努めたそうだ。関本の供述によると、押し問答の最中、つい力が余って楢崎を突き倒し、打ちどころが悪くてそのまま動かなくなったというんだが」

警視は口をすぼめて、あごをしゃくった。綸太郎は冷ややかな口調で、

「嘘っぽいですね。再チャレンジの目がないとわかって、利用価値がなくなったうえに、口先だけの根性なしだから、秘密厳守の約束を守る保証もない。解放すれば確実に裏切ると判断して、その場で口を封じたんでしょう。上嶋の方は何と?」

「そっちはまだ、楢崎の件は認めてない」と警視は言った。「俺の想像だが、実際に手を下したのは関本で、上嶋は見ていただけじゃないかと思う。死体を店の倉庫に隠し、翌日車で印旛沼へ捨てにいったのも、関本の一存だったようだから。ただ今の状況だと、上嶋の方が打たれ強いというか、首謀者の関本よりしぶとそうだ」

「見ていただけだとしても、楢崎殺しの共犯だと認めたら、関本はもちろん、上嶋だってほかの罪と併せて極刑を免れないですからね。それより気になるのは――」

両手の指を組み合わせながら、綸太郎は目つきを鋭くして、

「楢崎が死んだのに、十四日の早朝、関本は予定通り上嶋悦史を殺害している。十一日の時点で、謝花殺しに新たなメドが立ったということですか?」

「うん。関本が言うには、楢崎が死んだ直後、上嶋があらためて謝花の殺害を引き受けたそうだ。予定されていた犯行が、上嶋と関本の一対一の交換殺人にリセットされたことになる。おまえの言う通り、傍観していただけとしても、楢崎を見殺しにしたんだから、上嶋は関本と同罪だ。おまけに上嶋は、渡辺妃名子を実際には殺していないから、関本に対してフェアでないと感じていたふしがある。もちろん、楢崎の尻ぬぐいを引き受けた一番の理由は、兄を殺すチャンスを無にしないためだったろうが」

「リセットされた謝花殺しの予定日は？」

「十一月二十九日。当初上嶋と関本が、小出俊平の殺害予定日と称していた日だ。出頭前の打ち合わせで、謝花殺しの段取りを偽のターゲットに流用すると決めたようだな」

「臨機応変か」と綸太郎はつぶやいた。

途中でプロットを変更し、辻褄合わせに腐心していた上嶋務の小説を思い出す。むしろそれが彼の本領だったのかもしれない。四重交換殺人を立案したのが関本だとしても、事件の後半、破綻処理のスキームを構築したのは、明らかに上嶋の方だった。

楢崎がとっくに死んでいたのだから、あの脅迫状も一目ででっち上げとばれていたことになる。こちらにハンデがあったのはたしかだが、コンピュータ・ウィルスがプログラムを書き換えるように、推理のバグにつけ込んで、事件のシナリオを改変するとは！　綸太郎はため息をついた。怪我の功名というやつで、たまたまうまく事が運んだからいいようなものの、もう少しで上嶋の狙い通りになるところだった。

「――関本が謝花の殺害を決意したのは、七月のことらしい」

法月警視はタバコに火をつけ、ゆっくりと味わうように一服してから、

「店への中傷キャンペーンはだいぶ下火になっていたが、七月の初め、店に届いた差出人不明の封書を開けたら、通学途中のひとり娘を隠し撮りした写真が入っていたそうだ。無言電話と同じで、謝花の意図が単なるいやがらせ以上のものではなかったとしても、親にとっては致命的だ。警察に届けても埒が明かないだろうし、ほとぼりが冷めた頃、いきなり娘に危害を加えられたら取り返しがつかない。追い込まれた関本は、謝花優也の殺害計画を練り始めた。拳銃による殺害を選んだのは、謝花のルール違反に業を煮やしていたせいもある。実弾を撃ち込まれたら、ゾンビ行為どころではないからな」

「拳銃はどうやって？」

「店に出入りしていたガンマニアのツテを通じて、密輸入された中国製のマカロフを手に入れた。購入した相手は偽名を使っていたようだが、おそらく暴力団関係者だろう。謝花の母親は以前から右翼団体に脅迫されていたので、隠れ蓑にするには打ってつけだった。ただ、関本と謝花優也の関係は、ゲーマー仲間に知れ渡っている。相手が死んでくれさえすれば、自分で手を下す必要はない。それなら――というわけだ」

「だとしてもね。アリバイ確保の目的で、交換殺人の共犯者を探し始めたのは、関本がチーム幻

想みたいなものにどっぷり浸かっていたせいだと思うんですが」

「だろうな。楢崎翔太のようなハズレを引いたのは、皮肉としか言いようがない」

「楢崎は銃の素人でしょう」綸太郎は首をひねった。「プレッシャーに弱いくせに、よくそんなリスキーな犯行を引き受けましたね」

「じかに手を下すより楽だと思ったんだろう。ネットゲームにはまっていたから、それなりに銃器の知識もあったようだ。知ったかぶりの強がりだったはずだけどな。関本もそこまで見抜けず、任せても大丈夫と判断した。謝花優也をうまく扱えなかったのと同じで、リーダーの器ではなかったんだ。結団式の時点で楢崎に拳銃を渡していれば、見かけ倒しだと気づいたかもしれないが、間に合わなかったらしくてね」

「間に合わなかったというと？」

「マカロフとは別のルートから手に入れた消音器が、中国製の粗悪品だった。弾詰まりで暴発しないよう、自分の手で改造することにしたけれど、実銃のプロではないからな。銃本体との調整に手間取って、じかに手渡しできなかった。犯行予定日の三日前、池袋駅のキーレスロッカーを介して、ようやく楢崎の手に渡ったそうだ」

「犯行の三日前か。楢崎は試射する度胸もなかったでしょうね」

「たぶんな」と警視はうなずいて、「怖じ気づいた楢崎が拳銃を捨てないで、東長崎の自宅に持ち帰っていたら、事件は迷宮入りしていただろう。マカロフを回収するためなら、関本と上嶋は楢崎のワンルームに侵入することも厭わなかったはずだ。部屋を家捜しして、スペードのJとハートの3も一緒に持ち去ったにちがいない」

親父さんの言う通りだった。楢崎の部屋からバイスクルのライダーバックが見つからなければ、手も足も出なかっただろう。綸太郎だけでなく、犯人たちもくじ引きに使ったカードに踊らされていたのだ。

「カードといえば、前に話したくじ引きの手順も実際とはちがっていたようだ」と警視が続ける。「おまえが想像した通り、何度か引き直しをしたせいで、スペードのQには渡辺と楢崎も含めた全員の指紋が残っていたらしい。カードを関本に渡す際、上嶋はQ・2の指紋を拭き消したが、矛盾が生じないようくじ引きの段取りにも修正を加えた。関本の最初の供述は、理系出身の上嶋に吹き込まれた最適化バージョンだったということだ」

「やっぱりね。くじ引きに関しては、ぼくもひとつ思いついたことが」

綸太郎はメモ用紙をちぎって、今までとは別の表を書いた。

1. 10月23日（土）A 安斎秋則
2. 11月1日（月）Q 渡辺妃名子
3. 11月11日（木）J 楢崎翔太
4. 11月15日（月）K 渡辺清志

「――何だ、これは？」

「犯人も含めた死者を、死亡順に並べた表です」

「それはわかる。でも、どうして楢崎と渡辺がJとKなんだ？」

「楢崎はジャックの穴埋めに殺されたようなものですし、渡辺はクイーンの夫だからキングです。上嶋悦史はジョーカーなので抜いてありますが、面白いのはこの組み合わせが、後でまちがいだとわかったくじ引きの結果と符合することです」

「A・A、Q・2、J・3、K・4か……。たしかにそうだな」

「だからそういう意味では、楢崎翔太と渡辺清志がこの順番で命を落としたのも、あながち偶然とばかりは言いきれない。現実の裏に張りついたカードの虚像に、運命を支配されていたと言ったら大げさになりますが」

「こじつけだろう。俺にはちっともピンと来ないがね」

あっさり却下してメモをどけると、警視はかさばる紙袋をテーブルに置いて、

「それより、おまえに渡すものがある。今回の事件では、ずいぶん助けられたからな。クリスマスには気が早いが、解決の祝いも兼ねて、おまえへのプレゼントだ」

「おやおや」綸太郎は目を丸くした。「中味は何ですか？」

「自分で開けてみろ」

綸太郎は紙袋を開けた。出てきたのは、同じサイズの箱が三つ。

「これはアントクアリウムですね」

「渡辺妃名子が持っていたのと同じやつだ」と警視が言った。「オレンジ、グリーン、ブルー、色もそろえてある」

「でもお父さん、この季節ではアリを捕まえるのが大変ですよ」

「だったら来年まで取っておけ。お祝いついでにもうひとつ、面白い話をしてやろう。法医昆虫学に詳しい鑑識技官が、アリとシロアリのちがいを教えてくれた。シロアリの巣には女王アリと王アリがいるが、メス中心のアリ社会には女王だけ――」

法月警視はにんまりして、こう付け加えた。

「王はいない」

おもな参考文献

『現代フランス戯曲名作選――和田誠一翻訳集』花柳伊寿穂編（カモミール社）
『あなたの大切な人が「うつ」になったら』小野一之著（すばる舎）
『トランプものがたり』松田道弘著（岩波新書）
『紙の罠』都筑道夫著（角川文庫）
『スペードの女王・ベールキン物語』プーシキン作、神西清訳（岩波文庫）
『死せる案山子の冒険　聴取者への挑戦II』エラリー・クイーン著、飯城勇三訳（論創社）
『トランプ殺人事件』竹本健治著（創元推理文庫）
『帝王死す』エラリイ・クイーン著、大庭忠男訳（ハヤカワ・ミステリ文庫）
『現代世界演劇7　不条理劇2』喜志哲雄ほか訳（白水社）
『反直観の数学パズル』ジュリアン・ハヴィル著、佐藤かおり・佐藤宏樹訳（白揚社）
『不思議の国のアリス』ルイス・キャロル著、福島正実訳（角川文庫クラシックス）
『小酒井不木探偵小説全集第7巻　翻訳集2』（本の友社）
等を参照しました。
引用の誤り、その他の責任は、すべて作者（法月）に帰するものです。

本書は書き下ろしです。

法月綸太郎（のりづき・りんたろう）
1964年島根県松江市生まれ。京都大学法学部卒業。在学中は京大推理小説研究会に所属。88年『密閉教室』でデビュー。89年、著者と同姓同名の探偵が登場する法月綸太郎シリーズ第１弾『雪密室』を刊行。2002年「都市伝説パズル」で第55回日本推理作家協会賞短編部門を受賞。05年『生首に聞いてみろ』が第5回本格ミステリ大賞を受賞。また、「このミステリーがすごい！」2005年版では第１位に選ばれる。他の著書に『頼子のために』『名探偵はなぜ時代から逃れられないのか』『複雑な殺人芸術』『怪盗グリフィン、絶体絶命』『犯罪ホロスコープⅠ　六人の女王の問題』『しらみつぶしの時計』など。

キングを探《さが》せ

2011年12月７日　第１刷発行

著　者　法月綸太郎《のりづきりんたろう》
発行者　鈴木　哲
発行所　株式会社 講談社
〒112-8001　東京都文京区音羽2-12-21
出版部　03-5395-3506
販売部　03-5395-3622
業務部　03-5395-3615
印刷所　大日本印刷株式会社
製本所　大口製本印刷株式会社

N.D.C. 913 284p 20cm　ISBN978-4-06-216620-1
JASRAC　出1115132-101